천라
검형

天羅
劍形

한성수 신무협 장편소설

ORIENTAL FANTASY STORY & ADVENTURE

5

dream
books
드림북스

천라검형 5 대흉(大凶)

초판 1쇄 인쇄 / 2015년 4월 6일
초판 1쇄 발행 / 2015년 4월 13일

지은이 / 한성수

발행인 / 오영배
책임편집 / 편집부
펴낸 곳 / (주)삼양출판사 · 드림북스

주소 / 서울시 강북구 도봉로 173, 캠프 6층
대표 전화 / 02-980-2112 팩스 / 02-983-0660
편집부 전화 / 02-980-2116 팩스 / 02-983-8201
블로그 / blog.naver.com/dreambookss

등록번호 / 제9-00046호
등록일자 / 1999년 3월 11일

ⓒ 한성수, 2015

값 8,000원

ISBN 979-11-313-0328-3 (04810) / 979-11-313-0180-7 (세트)

* 지은이와 협의하에 인지는 생략합니다.
* 잘못된 책은 구입한 곳에서 바꾸어 드립니다.

이 도서의 국립중앙도서관 출판시도서목록(CIP)은 서지정보유통지원시스템홈페이지
(http://seoji.nl.go.kr)와 국가자료공동목록시스템(http://www.nl.go.kr/kolisnet)에서
이용하실 수 있습니다. (CIP제어번호: 2015010044)

천라검형 天羅劍形

5 대흉(大凶)

한성수 신무협 장편소설

ORIENTAL FANTASY STORY & ADVENTURE

dream books
드림북스

목차

1장 미신호위대(美神扈衛隊)   007

2장 천룡 제갈무경   041

3장 일품석(一品席)에서 만난 후기지수들   073

4장 호검관주에 비하면 별거 아닌 애송이일 뿐이다!   109

5장 치료비를 구해오는 게 우선!   141

6장 신마혈천제(神魔血天帝)의 전인?   175

7장 신마혈맹의 파천대주(破天隊主)!   211

8장 검이 있으면 사람이 있고,
     검이 없으면 사람도 없다!   243

9장 와호장룡(臥虎藏龍)처럼……   277

10장 대흉(大凶)   309

1장

미신호위대(美神扈衛隊)

미신 당세령은 아침부터 심기가 좋지 않았다.

새벽부터 시작된 들썩거리는 분위기!

바로 그녀가 제일 싫어하는 '천하제일영웅대회'가 시작되는 날이 왔음을 알려 오고 있었다.

끔찍한 일이다.

사람과 사람이 단순히 자신의 무력이 상대방보다 뛰어나단 걸 인정받기 위해 싸운다는 것은 말이다.

하물며 이 '하찮은 행사'는 어디까지나 당세령 자신이 대활약한 신마혈맹과의 대전을 기념하기 위한 것이었다. 그녀가 한 일로 인해 벌어지는 행사인 셈이다.

그래서 그녀는 몇 년간 '천하제일영웅대회'가 벌어질 때면 정천맹 총단을 떠나 있곤 했다. 중원 각처에 새운 약왕당 지부를 돌면서 부족한 약재나 의원을 확인하고 다녔다. 그렇게 함으로써 새해가 되기 전 예산에 반영하곤 했다.

그러나 이번만은 그리할 수 없었다.

시도는 했으나 실패했다.

예산!

그렇다.

모든 것은 다 돈 때문이었다.

얼마 전부터 정천맹주 신문만천 제갈유하가 약왕당의 돈줄을 죄기 시작했다. 천문학적으로 들어가는 약왕당의 예산을 점차 줄이고는 책임자인 당세령에게 은근히 압박을 가해 왔다. 예산을 배당 받고 싶으면 향후 정천맹의 공식 행사에 빠지지 말고 참여하도록 말이다.

반항?

시도해 봤다.

정천맹과 긴밀한 유착 관계를 형성하고 있는 화악상 단주의 후계자를 꼬셔서 자신의 호위대에 포함시켜줬다. 몇 차례 독대와 다과 시간을 갖는 것만으로 충분히 그에게 영혼까지 털어 내줄 준비를 하게 만들었다.

그러자 제갈유하는 화산파에서 매화검신 유원종을 움직였다.

화악상단주의 친서를 들고 정천맹 총단에 찾아온 그는 당세령에게 한차례 예의를 차린 후 화악상단의 후계자를 두들겨 팼다. 어렵게 꼬신 돈줄을 단숨에 끌고 가 버린 것이다.

덕분에 당세령은 한동안 제갈유하의 부탁 아닌 부탁에 따라서 각종 정천맹 행사에 모습을 드러내야만 했다. 약왕당의 존속을 위해서 어쩔 수 없는 선택이었다.

그러다 몇 개월 전 북경거상회의 제의를 받았다.

거액의 제의!

그것도 눈엣가시 같던 화산파의 매화검신 유원종과 화악상단에 엿을 먹이는 일이었다. 그녀 입장에서 받아들이지 않을 이유를 찾는 게 오히려 힘들었다.

하지만 그 역시 제갈유하에게 간파되었다.

그의 방해 속에 간신히 황금왕 황대구를 만났으나 황금귀상련의 새로운 제의를 곧바로 받아들일 순 없었다. 제갈유하와 한 내기를 떠올렸기 때문이다.

'황금왕의 목표 역시 신마혈맹의 사라진 등천마선궁의 재보임이 뻔하니, 그와 손을 잡을 순 없다. 맹주가 비록 음흉한 성격이지만 황금왕 같은 장사치보다는 믿을

수 있는 사람이니까 말야. 그런데 어떻게 사라진 등천마
선궁의 재보를 찾을 수 있을까? 천하만민의 건강한 삶을
위해 그 재보는 반드시 내가 찾아야만 할 텐데…… 응?'

걸음을 옮기며 생각에 잠겨 있던 당세령의 눈에 이채
가 어렸다.

평상시와 다름없달까?

정천맹주 제갈유하의 강권에 가까운 부탁으로 인해
'천하제일영웅대회' 기간 중 정천맹 총단에 머무르게 된
그녀의 곁에는 무수히 많은 추종자가 따르고 있었다.

― 미신호위대(美神扈衛隊)!

당사자인 당세령의 의중은 전혀 반영되지 않았다.

그냥 그녀의 곁에 모여든 추종자들이 스스로 온갖 분
쟁과 암투, 서열 확인을 거쳐 만들어 낸 조직이었다. 낯
부끄러운 서열을 자기들끼리 정한 후 정천맹 총단 내에
서 당세령의 곁을 철통같이 지키는 임무를 자임했다.

물론 제약은 있다.

미신호위대는 오로지 정천맹 총단 내에서만 기능하는
조직이었다. 그곳을 벗어난 순간까지 따라붙다간 당세령
의 손에 죽을 각오를 해야만 할 터였다. 진실한 무공을

드러낸 그녀를 따라잡을 수 없기도 하고 말이다.

당세령이 이러는 이유 역시 돈이 원인이었다.

그들 중 상당수가 약왕당의 자금줄이었기에 당세령은 미신호위대를 암묵적으로 인정했다. 정천맹 총단 내에서 자신의 뒤를 졸졸 따라다녀도 되는 권리를 준 것이다.

당연히 미신호위대의 경호는 철통, 그 자체였다.

어떤 자들도 감히 정천맹 총단 내에서 당세령의 곁에 다가오려 하지 않았다.

정천맹의 주요 직책을 지닌 자들이나 명숙의 반열에 든 자가 아니라면 당장 미신호위대의 감시망에 걸려 치도곤을 치렀다. 몇 대 얻어맞고 쫓겨나면 다행이고, 심하면 거의 반쯤 죽어나가는 일도 빈번했다.

모두 당세령의 눈을 피해 벌어지는 일이었다.

그런데 지금 그 같은 불문율(不文律) 아닌 불문율을 무시하고 한 사내가 당세령을 향해 다가들고 있었다. 미신호위대의 존재를 아예 무시하고 말이다.

'그러고 보니 낯이 익네. 누구였더라?'

자신을 향해 일직선으로 다가오는 잘생긴 청년 무인을 당세령이 지그시 바라봤다.

호기심 때문이 아니다.

그동안 이 정도 치기를 보인 자는 꽤 많았다.

현재 미신호위대 중에도 몇 명 포함되어 있을 정도였다.

당세령은 자신을 향해 다가오는 자의 얼굴이 낯설지 않았기에 관심을 보였다. 그리고 곧 기억해냈다.

'아! 호검관주로구나! 날 보고도 눈빛이 전혀 흔들리지 않았던 보기 드물게 괜찮다고 생각한 사내 말야!'

굉장한 평가다.

특히 사내에 관해선 더욱 그러했다.

그동안 당세령에게 구애했던 무수히 많은 영웅호걸과 협성괴걸을 떠올리자면 더욱 그러했다.

천하에 명성 높은 대부분의 사내들이 그녀의 사랑을 얻기 위해 자신의 모든 걸 내던졌고, 개중에는 엄청난 신분을 자랑하는 자도 존재했다. 세상에 알려진 이상으로 그녀는 인기가 많은 여인이었다.

그러나 애석하게도 당세령은 여태까지 어떤 사내에게도 특별한 감정을 느껴 본 적이 없었다.

나이 십오 세!

그 어린 나이에 당가의 무수히 많은 비전독공과 암기술을 완성한 그녀는 곧 의학의 광대함에 매료되었다. 세상의 어떤 것보다 더욱 그녀를 자극했다. 무엇보다 재밌고, 흥미롭고, 경이로움을 느꼈다.

그래서 그녀는 일찍부터 진정한 의학의 완성에 자신의 일생을 걸기로 마음먹었다. 인간을 괴롭히는 온갖 병을 치료하고, 노화를 멈추고, 죽음을 극복하는 경지에 도달하기 위해 헌신할 것을 맹세했다.

— 불로불사(不老不死)의 신선지경(神仙之境)!

모든 인간에게 그 같은 신세계를 열어주고자 했다. 자신의 힘으로 이룩할 작정이었다.

한데, 그런 그녀가 관심을 느꼈다.

그것도 호감을 말이다.

미신호위대 중 최고의 서열, 호위일좌를 자처하고 있던 이십 대 초반의 백의미장부의 검미가 살짝 치켜 올라갔다.

'미신 당 소저가 관심을 표명하는 자를 만나게 될 줄이야……'

봉황을 닮은 백의미장부의 눈 깊은 곳에서 미세한 살기가 일렁거렸다.

자신이 미치도록 원해 왔던 관심!

그것이 설혹 잠시 스쳐 가는 것이라 해도 용서할 수 없었다. 결코 묵과할 수 없는 일이었다.

그때 백의미장부와 비슷하나 전혀 다른 감정과 함께 미신호위대의 맨 후열이 움직임을 보였다. 호위십좌에 속한 자들이 드디어 자신들의 임무를 수행하기 위해 나선 것이다.

'나름대로 기초는 충실히 닦은 자들이로군. 세 명이 나서면 호군도 나름대로 고전하겠어.'

적천경은 자신을 향해 다가오기 시작한 미신호위대의 호위십좌를 보고 눈을 빛냈다.

미신호위대의 가장 후열.

그곳을 벗어난 네댓 명의 청년 무인들은 하나같이 독문의 병기를 패용하고 있었다. 복장이 각자 다른 걸 보면 정천맹의 정식 무사로 보이진 않았다.

하지만 그들이 지닌 무위는 그리 약해 보이지 않았다.

예선의 특별 시험을 통과하기 위해 싸웠던 표매산영 마적과 비교해 무공이 떨어지긴 하나 숫자가 많았다. 천천히 다가드는 모습만 봐도 다수가 소수를 억압하는데 이미 익숙해 보였다. 평소에 이런 일을 많이 치러봤다는 뜻이리라.

'그렇다면 굳이 사양할 필요가 없겠군.'

적천경은 과거 전장을 전전하던 병사였다.

용병이었다.

다수가 소수를 억압하는 것에 그리 큰 거부반응은 없었다. 아군의 피해를 최소화한 채 쉽게 승리할 수 있는 합리적인 방법이라고까지 생각했다.

물론 그건 어디까지나 자신이 다수에 속할 때였다.

그 반대 상황이라면?

즉각적인 움직임은 필수였다.

— **선공필승(先攻必勝)!**

소수라면 더더욱 빼앗길 수 없었다.

확신을 가지고 용기를 가슴에 담고서 전장으로 뛰어들어야만 한다. 그래서 적의 우두머리가 있는 곳까지 단숨에 달려들어야만 한다.

지금처럼!

스으 — 팟!

적천경이 자신을 향해 다가드는 호위십좌를 향해 일보축지를 펼쳤다.

눈을 어지럽히는 초고속의 이동!

그것만으로 끝일 리 없다.

파팟!

팟! 팟! 팟! 팟!

순간적으로 호위십좌의 지척까지 쇄도한 적천경의 양 손이 기쾌하게 움직였다.

금나수(擒拏手)?

그런 평범한 수법이 아니었다.

적천경은 손날을 수도(手刀)처럼 휘둘러서 정확히 호 위십좌를 무력화시켰다. 그들 중 권법이나 장법에 능한 자들은 손목과 어깨를 탈구시키고, 검이나 도를 쓰는 자 들은 병기를 뽑지 못하게 만들었다. 눈 깜빡할 새 그렇게 호위십좌에서 첫 번째로 나선 자들을 제압해 버린 것이 다.

놀라운 점은 적천경이 혈도를 공격한 게 아니란 거다.

마혈이나 중요 혈도를 점혈하지 않고 그냥 호위십좌 를 제압하고 그들이 만든 합벽진을 뚫어 버렸다. 무공이 떨어지는 자들은 보고도 무슨 일이 벌어졌는지 짐작조차 할 수 없는 수법을 펼쳤다고 할 수 있겠다.

"크윽!"

"으윽!"

"으으윽!"

호위십좌가 뒤늦게 적천경에게 제압당한 사실을 깨닫 고 당혹감과 고통에 신음을 터뜨렸다. 사실 그들 중 대부분이 자신에게 어떤 일이 발생했는지 이해하지 못했다. 그냥 미신 당세령에게 다가가는 적천경을 포위한 후 합공하려다 오히려 반격을 당했다는 것만 짐작할 수 있을 따름이었다.

그러자 나머지 호위십좌와 구좌, 팔좌가 동시에 움직였다.

적천경의 무위가 심상찮았다.

본격적으로 숫자의 힘을 발휘해서 그를 상대할 생각이었다. 아직까지는 당황할 때는 아니었다.

그러나 그때 호위일좌에 홀로 존재하던 백의미장부가 경계심 섞인 목소리로 말했다.

"날 상대하듯 해야만 하오!"

"그런……!"

놀라 자신을 바라보는 호위이좌에 있는 삼인을 향해 백의미장부가 단호한 기색으로 말했다.

"그래야만 합니다! 알겠습니까?"

"그렇게까지 말한다면야……."

"천룡 제갈 소협이 그리 말하시니 따르긴 하겠습니다."

"하지만 당금 강호에 천룡 제갈 소협과 동수인 후기지수가 또 있으리라곤 생각되지 않습니다."

호위이좌의 삼인이 떨떠름한 기색으로 대답했다.

그럴 수밖에 없다.

그들 삼인은 당금 무림의 후기지수 중 무공과 지명도가 아주 높은 자들이었다. 각기 명문의 사문이나 가문을 배후로 두고, 무공 또한 젊은 나이에 절정의 경지에 올랐다. 어떤 곳에 가더라도 대접을 받는 위치이고, 후일 무림을 좌지우지할 한 지방의 패주가 될 자들이었다.

하지만 그런 그들조차 한 수 접어야만 하는 존재가 있었다.

— **삼룡사봉!**

당금 후기지수의 정점!

그중에서도 은연중 삼룡사봉의 좌장으로 불리는 천룡 제갈무경이 바로 백의미장부였다. 정천맹주 제갈유하의 가문인 제갈세가의 차대 가주로써 지닌바 무공은 이미 초범입성(超凡入聖)에 도달했다고 알려져 있다.

그런 그가 바로 미신호위대의 호위일좌였다.

몇 년 전만 해도 그 자리는 화악상단의 후계자의 자리였으나 그가 매화검신 유원종에게 끌려간 후 천룡 제갈무경의 차지가 되었다.

압도적인 무위!

상식을 뛰어넘는 명성과 제갈세가의 위세!

그 모든 것을 포기하고 그는 미신 당세령의 호위대가 되길 자처했다. 정천맹주이자 조부인 제갈유하에게 가문에서 쫓아내겠다는 경고를 받고도 망부석(望夫石)처럼 그녀의 곁을 떠나려하지 않았다.

그런데 그런 천룡 제갈무경과 동급으로 대해야만 한다니!

호위이좌의 삼인으로선 받아들이기 쉽지 않은 말이었다. 세상에 제갈무경같이 모든 걸 다 갖춘 자가 또 존재한다는 걸 절대로 믿고 싶지 않았다.

그러나 미신호위대의 서열 구분은 엄격했다.

상위 서열자의 명령은 절대적이었다.

한 번 내려지면 하위 서열자는 반드시 따라야만 했다. 결코 항명은 용납되지 않았다. 미신호위대에서 강제로 축출당할 각오를 하지 않는다면 말이다.

'어쩔 수 없지!'

'천룡이 이런 명령을 내렸으니!'

'뭐 서열이 깡패라고! 호위일좌인 천룡이 명령을 내렸으니 따를 수밖에!'

내심 못마땅한 속내를 접어둔 채 호위이좌가 능숙하게

미신 당세령을 중심으로 강력한 호위진을 펼쳤다. 어떤 방위로든 그녀에게 접근하는 자들을 완벽하게 막아 낼 수 있는 일종의 대방어진세를 구축한 것이다.

한데 바로 그때였다.

티앙! 탕! 타타타타탕!

거문고 고수가 탄금하는 것 같은 격렬한 소리와 함께 적천경을 포위해 갔던 호위대의 머리 위로 병기들이 비산했다.

처음에 나섰던 자들과 달리 처음부터 독문병기를 뽑아 들었던 호위대!

그들의 병기가 하나도 남김없이 공중으로 떠올랐다.

흡사 환상을 보는 것만 같은 광경이다.

게다가 그것만으로 끝이 아니었다.

탕! 타탕! 타타타타탕!

하늘에서 떨어져 내리던 병기들이 제각기의 궤도를 그리며 호위대를 향해 날아갔다.

하나같이 맹렬한 기세!

"으헉!"

"헉!"

"으허억!"

호기등등하게 적천경을 포위해 갔던 호위대의 입에서

절로 비명이 터져 나왔다. 방금 전까지 자신의 손에 들려져 있던 독문병기다. 무인으로 살기 시작한 이래 줄곧 들고 휘둘러 왔던 친구 같은 존재였다.

그러나 지금은 아니다.

흉기!

그것도 자신의 하나밖에 없는 목숨을 노리는 무시무시한 존재!

그렇게 돌변한 병기들의 공격에 호위대의 포위진은 순식간에 괴멸되었다. 각자 목숨을 건지기 위해 사방으로 흩어졌다.

순식간에 벌어진 일!

스으!

그 사이로 적천경이 마치 무인지경처럼 신형을 이동시켰다. 정천맹 총단 내에서 악명이 자자한 미신호위대가 또다시 굴욕을 당하는 순간이었다.

"저저저!"

"저런 못난 인사들을 봤나!"

"저런 자들이 미신을 호위한다고 모여 있다니!"

미신호위대 이곳저곳에서 분기탱천한 목소리가 터져 나왔다.

그들의 분노는 적천경을 향한 것이 아니었다.

그에게 단숨에 돌파당한 하위 서열자들에 대한 조롱이 주를 이뤘다. 특히 그들이 자신의 독문병기에 공격당해 포위진을 무너뜨리자 경멸의 감정을 드러내길 주저치 않았다.

그래서일까?

미신호위대는 더 이상 적천경을 포위하려 하지 않았다.

스슥!

스사사삭!

오히려 그들은 당세령의 주변을 중심으로 철통같은 방어진을 펼쳤다. 이미 과거 상대해봤던 천룡 제갈무경과 동급으로 상대하라는 명령을 하달 받았다. 그대로 따르는 게 마땅했다.

그러나 적천경은 걸음을 멈추려하지 않았다.

한차례 미신호위대의 방어진을 살핀 후 곧바로 당세령을 향해 걸어갔다.

"감히!"

"용서할 수 없다!"

"미신께는 절대 다가갈 수 없다!"

미신호위대의 이곳저곳에서 분기탱천한 목소리가 터져 나왔다.

당장 적천경에게 달려들고 싶어 하는 분위기가 팽배했다.

만약 호위이좌의 삼인이 강력히 제어하지 않았다면 몇 명은 참지 못하고 방어진을 무너뜨렸으리라.

한데 그때 예상치 못했던 일이 벌어졌다.

미신 당세령이 움직인 것이다.

사락!

여태까지 미신호위대와 적천경의 대결을 방관에 가까운 자세로 지켜보고 있던 그녀가 갑자기 신형을 움직였다.

옥보(玉步)라 할 수 있는 섬세한 한 걸음.

그것만으로 충분했다.

어느새 그녀는 자신의 주변을 철통같이 에워싸고 있던 미신호위대의 방어진을 뛰어넘고 있었다.

— 능공허도(凌空虛渡)?

전설상의 보신경과 닮았다.

그렇게 당세령은 미신호위대를 아연실색하게 만들며 그들의 방어진을 뛰어넘어 적천경 앞에 내려섰다.

빙긋!

눈이 부시다는 표현은 이럴 때 사용해야 하려나?

적천경은 잠깐 아찔해지는 걸 느꼈다.

자신을 향해 미소 짓고 있는 미신 당세령의 모습에 현기증을 느낄 것 같았다.

그러나 그는 오히려 표정을 굳혔다.

이쯤 되면 일소경국(一笑傾國)이라 할 만하다.

어떤 대적보다 무섭다는 생각이 들었다. 바짝 긴장할 수밖에 없었다.

당세령이 재밌다는 듯 말했다.

"역시 재밌는 사람이군요."

"당 소저……."

"됐어요! 일단 번잡한 이곳을 벗어나기로 하죠?"

"……."

적천경이 어떤 말을 하기도 전에 적천경에게 손을 내밀어 잡은 그녀가 다시 신형을 하늘로 띄워 올렸다.

"으어!"

"으어어!"

"으허허허헉!"

잠시 넋이 나가 있던 미신호위대의 이곳저곳에서 거의 곡소리에 가까운 비명이 터져 나왔다.

말도 안 되는 일이다!

일어나선 안 될 일이 벌어졌다!

그래서 대부분의 미신호위대가 당세령과 적천경이 떠나가는 걸 망연히 지켜보고만 있었다.

물론 전부는 아니다.

슥!

스스슥!

맨 처음 천룡 제갈무경이 신형을 날렸고, 그 뒤로 잠깐의 차이를 두고 호위이좌의 삼인이 뒤따랐다. 그들 정도만이 당세령이 펼친 놀라운 능공허도의 뒤를 따라갈 엄두를 낼 수 있었다. 적어도 현재까지는 그런 생각을 품고 있을 터였다.

*　　　*　　　*

정천맹 총단의 담을 뛰어 넘어 내달린 지 얼마나 지났을까?

항주성 외곽을 휘감고 도는 전단강 앞에 도달한 당세령이 적천경과 함께 바닥에 내려섰다.

스으!

처음, 보신경을 펼칠 때와 다름없다.

마치 한 떨기 꽃잎이 산들바람에 휘날리는 것처럼 당

세령은 바닥에 발을 내디뎠다.

그럼 적천경은?

여전히 당세령과 손을 잡은 상태로 그 역시 바닥에 떨어져 내렸다.

조금 둔한 것 같은 착지!

하나 당세령은 수려한 미목에 조금 놀란 기색을 떠올렸다. 바닥에 착지하자마자 적천경이 스스로의 의지로 그녀의 손을 놔 버렸기 때문이다.

'생각보다 뛰어난 무공 실력! 그보다 더 훌륭한 인품을 지녔다고 해야 하려나?'

재밌다는 생각이 든다.

자신에게 이런 반응을 보이는 사내는 참 오랜만이다. 적어도 무림에 출도한 이후엔 한 번도 본 적이 없었던 것 같다.

물론 그렇다고 해서 적천경에게 반했다거나 하는 유치한 일은 벌어지지 않았다.

애초부터 의학의 지고한 이치에 일생을 바치기로 마음먹은 그녀였다. 그동안 무수히 많은 사내가 온갖 종류의 구애를 했으나 흥미조차 느껴 본 적이 없었다.

적천경이 독특한 반응 역시 그저 흥미를 유발시킬 뿐이다. 그에게 마음의 한 조각이나마 허락할 이유는 존재하지 않았다. 아직까지는 분명 그러했다.

내심 눈을 반짝인 당세령이 말했다.

"말해 봐요!"

"……."

"그렇게 볼 필요 없어요. 적 관주가 다른 사내들처럼 나한테 반해서 무작정 돌격해 온 게 아니란 건 알고 있으니까요."

적천경이 정중하게 공수해 보였다.

"먼저 무례를 범한 걸 사과드리겠습니다."

"그런 허례 따윈 넘어 가고요."

"……."

"아마 지금쯤 날 따라다니며 귀찮게 하는 사람들이 몰려올 거예요. 아니, 그들 중 일부가 올 거예요. 그러니 어서 날 찾아온 진짜 이유를 말하세요."

적천경이 공수를 풀고 말했다.

"제게 병이 든 처제가 있습니다."

"약왕당에 입원시키세요. 최고의 의원에게 진료를 보게 해 드리지요."

"저는 당 소저가 직접 진료해 주시기를 원합니다."

"나는 무림인을 치료하지 않아요."

"처제는 무림인이 아닙니다."

"무림인을 매형으로 뒀죠."

"……."

"조금 엄격하게 생각할지 몰라도 이건 내 원칙이에요. 남들과 싸우기 위해 무공을 익힌 자들을 치료하려고 숭고한 의학의 길을 걷는 게 아니니까요."

"처제는 무림인이 아니라고 했습니다!"

적천경이 강하게 소리치자 당세령이 담담하게 대답했다.

"그 처제가 만약 다른 자에게 해를 입는다면 적 관주는 어쩌실 건가요?"

"그건……."

"적 관주는 고수니까 분명 복수를 하겠지요. 예, 그게 무공을 익힌 자들이 당연하게 생각하는 일이에요. 그런데 만약 적 관주에게 복수를 당한 자에게 일가친척이나 사형제, 혹은 친구가 있다면 어떨까요? 그들이 적 관주나 지인들에게 복수를 하러 온다면 어떻게 할 거예요?"

"……."

"물론 적 관주는 고수니까 그들을 적절하게 상대할 수 있을 거예요. 하지만 그러는 중에 많은 인명이 살상이 될 거고, 어쩌면 예기치 못한 피해를 당하는 사람도 나올 거예요. 절대 그런 일은 없을 거라고 말하진 마세요. 무림에 관련된 사람들 중 어느 누구도 장담할 수 없는 일이란 걸 아실 테니까요. 그래요. 어쩌면 이런 내 행동은 의도 (醫道)를 걷는 자로선 문제가 있는 건지도 몰라요. 하지만 나는 이런 의지를 관철하기 위해 가문과의 연도 끊었어요. 이만하면 존중 받을 만한 고집이지 않을까요?"

적천경은 말문이 막히는 걸 느꼈다.

당세령에게 반박할 어떤 말도 떠오르지 않았다.

무림인을 직접 치료하지 않는 당세령의 괴벽!

항주로 향하기 전 이미 알고 있었으나 이런 확고한 신념이 있으리라곤 생각지 못했다. 그녀 자신이 무림인이며, 정파의 중심인 정천맹의 핵심 인물임을 알고 있었기 때문이다.

그러나 지금 당세령이 말한 신념은 결코 깨뜨릴 수 없는 장벽처럼 느껴졌다. 어떤 식의 침범도 허용하지 않을 것 같은 철옹성이었다.

그때 적천경을 잠시 바라보고 신형을 돌리려던 당세령의 눈에 이채가 떠올랐다.

'나 때문이 아니다!'

깨달음과 함께 적천경이 기감을 확장시켰다.

아니다.

그럴 필요는 없었다.

곧 미약한 내력도 발산하지 않고서 두 사람을 향해 다가오는 익숙한 인기척을 느낄 수 있었다. 구손이었다.

'구손 형님, 이곳에는 어떻게……?'

적천경이 의혹 어린 시선으로 바라보자 구손이 특유의 신비로운 미소로 화답했다.

"하하, 산책을 나섰다가 길을 잃어서 한참 헤매고 있었는데, 적 현제를 이런 곳에서 만나게 되어 다행이네."

"……."

"그렇게 보진 마시게. 항주 땅에는 초행이라 이리 된 것이니까."

"……예."

적천경의 한숨 섞인 대답에 당세령이 참지 못하고 웃음을 터뜨렸다.

"아하하, 정말 재밌는 사람들이네요! 정말 재밌어요!"

"당 소저, 이건……."

구손이 적천경의 말을 중간에서 잘랐다. 언제 신비로운 웃음을 보였냐는 듯 정색을 한 채 당세령에게 말했다.

"미신 당 도우께 빈도가 한 말씀 올려도 되겠습니까?"

"예, 그러세요."

"구음구양절맥(九陰九陽切脈)에 대해 아십니까?"

"구음구양절맥이라……."

"예, 구음구양절맥입니다! 아십니까?"

"……남자한테는 없고, 여인에게만 희귀하게 존재하는 절맥증이지요. 남자한테 없는 이유는 태어나기 전 산모의 뱃속에서 사산되어 버리기 때문이에요. 또한 여인이라 해도 열여섯 살을 분기점으로 몸속 음양의 균형이 깨지게 돼요. 점차 건강이 나빠져서 이십 대 초반을 넘기지 못하고 대개 죽는 아주 골치 아픈 불치병이에요."

"불치병이 아닙니다!"

"설마……."

"당 도우께서 생각하시는 대로입니다. 적 현제의 처제인 소하연 소저는 구음구양절맥의 말기입니다. 그동안 적 현제의 최선을 다한 간병으로 단지 한 가닥의 생기만을 보존하고 있을 뿐입니다."

"……그런데 불치병이 아니라고요?"

"예, 빈도의 천극신침술(天極神鍼術)에 미신 당 소저의 고절한 의술이 더해진다면 충분히 구음구양절맥을 치료할 수 있다고 생각합니다."

"천극신침술!"

당세령이 나직이 소리쳤다.

그만큼 구손이 말한 침술이 놀라운 것일까?

그렇진 않았다.

당세령이 눈살을 가볍게 찌푸려 보였다.

"그게 뭐죠?"

"빈도가 고안한 침술입니다."

"그렇군요. 무당파의 학도가 고안한 침술이 놀랍게도 구음구양절맥 같은 희대의 불치병을 고칠 수 있다는 것이로군요? 역시 세상은 넓고 기인이사는 모래알처럼 많은 것이로군요."

당세령이 다소 심드렁해진 표정으로 말하자 구손이 미미하게 고개를 끄덕여 보였다.

"당 도우께서 빈도의 말을 의심하시는 것도 무리는 아닙니다. 하지만 인명은 재천이라고 했습니다. 빈도가 의술을 익힌 것은 사람을 구하기 위함이니, 당 도우와 그리 다른 길은 아닐 것입니다."

"그러니 그냥 믿어 달라는 건가요?"

"그래 주시면 감사할 따름입니다. 하지만 그렇지 못하더라도 당 도우께서 이번 일에 참여하실 합당한 이유가 있어야 함 역시 빈도는 잘 알고 있습니다."

"내가 이번 일에 참여할 합당한 이유라……."

"황금 일만 냥이면 어떻겠습니까?"

"……일만 냥이요?"

"예, 환자의 치료, 유무에 관계없이 당 도우께 황금 일만 냥을 드리도록 하겠습니다."

"……."

당세령이 아미를 가볍게 찡그려 보였다.

눈앞의 도사!

꽤나 얄밉다. 자신의 유일한 약점을 스스럼없이 찌르고 들어오니, 당해 낼 도리가 없었다. 정천맹주 제갈유하를 제외하고 그녀를 이렇게까지 잘 파악한 사람은 처음이었다.

'천극신침술이라고? 그야말로 혹세무민하는 사이비 도사나 돌팔이 의생 나부랭이나 지껄일 법한 만병통치약 같은 느낌이 드는 이름이잖아! 뭐, 하지만 황금 일만 냥에다 구음구양절맥증을 타고난 환자의 예후(豫後)를 지켜보는 거라면 그럭저럭 가치 있는 일이라고 해야 하려나?'

내심 염두를 굴린 당세령이 천천히 고개를 끄덕여 보였다.

"황금 일만 냥을 약왕당에 기부하시면, 내가 당신들이 있는 곳으로 찾아가도록 하지요."

"무량수불! 빈도, 삼가 미신 당 도우님께 미리 감사드리도록 하겠습니다!"

"그러지 마세요! 나는 여전히 구손도장의 천극신침술

같은 걸로 구음구양절맥증을 고칠 수 있다는 것을 믿지
않으니까요!"

"……."

"하지만 나한테 강력한 한방을 날려 주세요! 그래서
세상은 여전히 놀라운 일이 많다는 걸 알려 주세요!"

"……."

당세령이 묵묵히 허리를 깊숙이 숙여 보이는 구손을
한차례 응시하곤 신형을 공중으로 띄워 올렸다. 예의 능
공허도를 생각나게 만드는 놀라운 보신경을 다시 펼친
것이다.

그러다 뭔가 마음에 걸린 일이 있었던 걸까?

"적 관주, 부상당하지 않게 조심하세요!"

"예?"

"내게 황금 일만 냥을 주려면 천하제일영웅대회에서
우승해야 하잖아요! 그러니 대회를 치르기 전에 부상 같
은 건 당하지 않게 조심하란 거예요!"

"……."

그 말로 끝이었다.

조금 후련한 표정이 된 그녀가 적천경과 구손을 뒤로
하고 쏜살같이 신형을 날려갔다.

정천맹 총단을 떠날 때와 마찬가지다.

자신의 마음대로 몇 개나 되는 담을 뛰어넘어 항주성 외곽까지 왔다가 다시 똑같은 방식으로 돌아갔다. 한 가닥 담담하고 청량한 약향만을 남긴 채 그리했다.

적천경이 순식간에 하나의 점으로 변해 버린 미신 당세령을 잠시 바라보다 구손에게 말했다.

"정말 구손 형님은 신출귀몰하십니다. 어떻게 제가 당소저와 함께 전당강으로 올 걸 알고 계셨던 겁니까?"

"몰랐네."

"예?"

"앞서 말했다시피 정말 나는 길을 잃고 주변을 헤매다가 적 현제와 당 도우를 만나게 된 것이라네."

"……."

"그렇게 보지 말게. 사실은 정천맹 총단이 있는 곳으로 향하던 중 사라진 나 대형을 찾다가 이리 된 것이니 말일세."

"나 대형이 사라지셨습니까?"

"아마 루외루에 다시 찾아가신 게 아닌가 하네. 줄곧 그곳의 음식을 다시 먹겠다고 하셨으니까 말일세."

"……그렇군요."

적천경이 떨떠름한 표정으로 고개를 끄덕여 보였다. 문득 처제 소하연을 위해 초빙한 루외루 숙수 문정이 만

든 요리를 맛보고 광분한 그의 얼굴이 떠올랐기 때문이
다.

'아무래도 문 숙수를 다시 초빙해서 나 대형에게 요리
를 마음껏 드시게 해 드려야겠구나! 명색이 창위에 있었
던 양반이 이렇게 식탐이 강하다니…… 음!'

내심 나현을 떠올리며 고개를 흔들던 적천경의 눈에
이채가 어렸다.

충분할 만큼 확장되어 있던 기감!

전당강 주변을 오고가는 일반인들을 걸러낸 그의 천라
지망과 같은 기감의 그물에 몇 개의 인영이 포착되었다.
그중 하나는 기세가 꽤나 굉장했다.

'그자인가?'

적천경의 뇌리로 한 명의 백의 미장부가 떠올랐다.

미신호위대의 정중앙.

미신 당세령과 가장 근접한 위치를 점하고 있던 자.

멋들어진 백의무복을 맵시 있게 걸치고, 물처럼 부드
러우면서도 강력한 기도를 몸에 두르고 있던 자. 아마도
미신호위대 중 가장 강력한 무공을 익혔음에 분명한 그
가 자신을 찾아오고 있었다.

아니다.

사실 그의 진정한 목표는 적천경이 아닐 터였다.

— 미신 당세령!

미신호위대와 그 자신이 목숨처럼 호위하고 있던 절세 미녀가 진정한 목표일 터였다. 자신들의 호위를 밀어내고 홀연히 정천맹 총단을 떠난 그녀를 되찾으려 함이 분명했다. 그러기 위해 이리 대기를 뒤흔드는 기염을 쏟아내고 있는 것이다.

'눈이 뒤집혔군!'

내심 짧은 촌평을 내린 적천경이 구손에게 말했다.

"구손 형님, 잠시 피하시지요?"

"어디로 피하면 되겠는가?"

"강가 쪽으로 달려가서서 평소처럼 딴청을 하십시오."

"알겠네."

구손은 세세한 사항에 대해 묻지 않았다.

적천경이 말한 그대로 그가 강가로 달려갔다. 아마 적천경이 됐다고 할 때까지 부근에 얼씬도 하지 않을 터였다.

2장

천룡 제갈무경

휘리릭!

천룡 제갈무경은 하늘에서 한 차례 공중제비를 하며
바닥에 떨어져 내렸다.

— 천신어풍영(天神御風影)!

전통의 오대세가 중 하나. 아니 현존하는 천하제일세
가(天下第一世家)라 할 수 있는 제갈세가의 비전 신법이
다.

본래는 무림 중 십대 신법에 간신히 이름을 올릴 정도

였으나 당대 한 명의 천재에 의해 위상이 올라갔다. 현 정천맹주이자 삼신 중 한 명인 신문만천 제갈유하가 몇 가지 단점을 보완하여 천하에 보기 드문 절세의 신법으로 탈바꿈시킨 것이다.

당연히 제갈유하가 탈바꿈시킨 제갈세가의 무공이 단지 천신어풍영뿐만은 아니다.

그는 제갈세가의 비기 비검파천황(秘劍破天荒)을 파천황검(破天荒劍) 십이식(十二式)으로 바꿨고, 장법, 권법, 수공, 금나술등의 무공 일체를 개량했다. 한마디로 아예 새로운 제갈세가를 만들어 냈다고 할 수 있었다.

그렇다.

이쯤 되면 짐작하겠지만 신문만천 제갈유하는 대종사(大宗師)의 반열에 오른 사람이었다. 제갈세가의 개조(開祖)는 아니나 중흥조(中興祖)나 다름없는 대인물이라 할 수 있었다.

그리고 그런 제갈유하가 제갈세가의 미래로 지목한 천재가 바로 지금 모습을 드러낸 천룡 제갈무경이었다.

나이 십여 세부터 제갈유하에게 직접 무공을 사사 받고, 뛰어난 무공의 성취로 인해 삼룡사봉의 으뜸 위치를 점하게 된 인중지룡(人中之龍)!

제갈무경은 천천히 주변을 주의 깊게 둘러봤다.

눈앞의 적천경?

그다지 관심이 없어 보인다. 아예 없는 사람처럼 신경을 쓰지 않았다.

'미신 당 소저를 찾고 있군.'

적천경이 제갈무경의 속내를 단숨에 파악하고 담담하게 말했다.

"당 소저는 얼마 전 이곳을 떠났네."

"……."

그제야 제갈무경이 적천경에게 시선을 던졌다.

봉황안(鳳凰眼)이라 하려나?

천룡이란 무림명과 달리 정면에서 바라본 제갈무경의 눈빛은 봉황을 닮아 있었다. 특히 하늘로 기운차게 치켜 올라가 있는 눈초리가 상상 속의 봉황새를 떠올리게 만든다.

물론 인간이 진짜 봉황의 눈을 가질 수는 없다.

그냥 느낌상 그렇다는 것이었다.

적천경은 다른 생각을 했다.

'독특한 안공을 익혔군. 그래서 눈의 동공이 일반인과 다른 색깔을 띠고 있는 거야. 그렇다는 건…….'

적천경의 생각이 중간에서 끊겼다.

그럴 수밖에 없었다.

슥!

찰라를 몇 십 토막으로 분할한 순간!

제갈무경이 적천경을 향해 파고들었다. 두 사람 간에 존재하던 간격을 극단적으로 줄여온 것이다.

'……좋은 움직임!'

적천경이 내심 눈을 빛냈다.

제갈무경 같이 젊은 나이에 이 정도 움직임을 보일 수 있는 자는 드물었다. 중견급의 고수라 해도 쉽지 않은 일이었다. 단순히 무공을 오래 익혀서 체득할 수 있는 게 아니었다.

고급 무공의 요체!

그것도 체화(體化)가 될 정도의 수련과 깨달음이 있어야만 가능한 동작이었다. 이 한 동작 안에 무수히 많은 무학의 변화가 잔뜩 응축되어 있다고 봐도 무방했다.

하나 적천경은 이미 아주 오래전 제갈무경의 경지를 훌쩍 뛰어넘은 바 있었다. 사부의 가르침에 따라서 이 정도 고급 무공의 요체 정도는 단지 눈으로 훑고 지나갔다. 아예 존재 자체도 의식하지 못하는 새 말이다.

흔들.

적천경이 상반신을 가볍게 틀어 보였다.

미묘한 변화!

스스슥!

단지 그것만으로 순식간에 간격을 좁혀 들어온 제갈무경을 제지했다. 뒤로 물러나게 했다.

정말?

그렇다.

진짜로 제갈무경은 적천경의 단순한 움직임을 보고 신형을 황급히 뒤로 물렸다. 갑자기 그가 노리고 있던 적천경의 허점 모두가 사라져 버리는 기묘한 변화를 경험했기 때문이다.

'잘 배웠군. 역시 훌륭한 인재야.'

적천경이 내심 고개를 끄덕이고 고심하는 표정이 된 제갈무경에게 말했다.

"나는 호검관의 적천경이라 하네. 소협의 대명을 알고 싶으니 말해 주게나."

"호검관의 적……."

제갈무경이 가볍게 놀란 표정이 되었다.

근래 무당파에서 벌어진 일련의 사건은 정천맹 총단 내에도 제법 많이 회자되었다.

특히 호검관주 적천경은 수뇌부 사이에서도 꽤나 유명인이었다. 그들의 입에서 종종 언급되곤 하여 제갈무경도 그 존재를 인지하고 있는 상황이었다.

적천경이 말했다.

"나에 대해 알고 있는 것 같으니, 얘기가 쉽겠군. 나는 정천맹의 적이 아니니까 적의를 드러낼 필요는 없네."

제갈무경이 그제야 자신의 신색을 눈치채고 공수했다.

"……이거 결례를 범했습니다. 근래 명성이 자자한 호검관주이신 줄 알았다면 방금 전과 같은 치기 어린 짓은 하지 않았을 터인데."

"……."

"소생은 제갈세가의 제갈무경이라 합니다."

"천룡 제갈 소협?"

"무림의 친구들이 근래 그런 과분한 무림명을 붙여 준 건 맞습니다. 하지만 호검관주님을 만나보니 그동안 소생이 우물 안의 개구리[坐井觀天]와 같았다는 걸 알겠습니다."

"겸양이 지나치군……."

적천경이 몇 마디 위로의 말과 함께 자신이 파악한 제갈무경 무공의 문제점을 짚어 주려할 때였다.

슥! 스슥! 슥!

천룡 제갈무경과 마찬가지로 미신 당세령을 쫓아서 정천맹 총단을 떠난 호위이좌의 삼인이 속속 모습을 드러냈다.

— 금선(金扇) 사마무기.

— 쾌도(快刀) 종심기.

— 단악철권(斷嶽鐵拳) 뇌종량.

신진 후기지수를 대표하는 삼룡사봉과 달리 이미 무림 중에 명성을 날린 지 십여 년이 넘어가는 고수들이다. 즉, 후기지수가 아니라 중견 고수들이었다.

당연히 무림에서의 위치나 연배도 가지각색!

사마무기는 강남에서 제법 명성이 높은 금선문(金扇門)의 문주였고, 종심기는 낭인 출신의 절정도객, 뇌종량은 패권보(覇拳堡)의 삼대 권사 중 한 명이었다. 각자 삼십 대 중반에서 사십 대 초반까지의 연배인 이들 중 종심기만 순수한 총각이었다. 나머지 두 사람은 엄연히 부인이 존재하는 한 집안의 가장으로 미신호위대에서도 독특한 위치라 할 수 있었다.

종심기가 제갈무경에게 다급히 외쳤다.

"천룡, 미신 당 소저께서는 어디로 가신 것이오?"

사마무기와 뇌종량 역시 제갈무경에게 타는 듯한 시선을 던졌다. 영혼의 주인이나 다름없는 미신 당세령의 종적을 놓쳐 버린 탓에 마음이 크게 격동한 듯싶다.

제갈무경이 고개를 저어 보였다.

"소생 역시 이곳에서 미신 당 소저의 행적을 놓쳤습니다. 역시 그분의 뒤를 쫓기엔 아직 소생이 많이 부족한 듯합니다."

"믿을 수 없소!"

"예?"

"미신 당 소저의 행적을 놓친 것치고 천룡의 표정은 지나치게 온화하오. 게다가 만약 천룡이 진짜 미신 당 소저의 행적을 놓친 게 사실이라면 이런 곳에서 시간을 보내고 있진 않았을 것이오!"

"……."

제갈무경이 입을 닫았다.

종심기가 한 말은 사리가 분명하여 반박하기 곤란했다. 실제로 그는 분명 그리했을 터였다.

그러자 종심기의 시선이 멀찌감치 떨어져 있던 적천경을 향했다.

증오로 이글거리는 눈빛!

명백한 살심을 그는 적천경에게 드러냈다. 미신호위대로 보낸 몇 년간 자신들에겐 시선조차 주지 않았던 당세령이 직접 손을 잡아준 그에게 질투가 끓어올랐다. 그녀와 함께 정천맹 총단의 담을 뛰어넘어 사랑(?)의 도피를 한 그를 결코 용납할 수 없는 기분이었다.

'하지만 나 혼자서 이놈을 죽일 수 있을까?'

홀로 미신호위대로 다가들던 적천경!

잠시뿐이었으나 그가 선보인 무공은 놀라웠다. 제갈무경이 어째서 자신을 상대하듯 하라 했는지 이해할 수 있을 정도였다. 분명 그의 무공은 천룡이라 불리는 제갈무경과 비견할 수 있을 만큼 강했다.

그래서 종심기는 잠시 증오로 불타오르는 심사를 억눌렀다.

협력자를 찾아야만 했다. 자신과 비슷한 감정 상태가 분명하고 무공 역시 강한 자들로 말이다. 마침 근처에 모든 조건에 부합한 사마무기와 뇌종량이 있었다.

그가 그들에게 전음으로 의사타진을 했다.

『절대 용서할 수 없는 자요! 이 자리에서 해치웁시다!』

『……..』

『……..』

사마무기와 뇌종량이 종심기의 노골적인 살의가 담긴 전음을 듣고 주춤하는 표정이 되었다.

미신호위대에서 비슷한 위치의 세 사람!

하지만 무림에서 차지하고 있는 위치나 역할은 꽤나 많은 차이를 보였다. 일단 총각인 종심기와 달리 사마무기와 뇌종량은 한 집안의 가장이자 각자 문파의 핵심 고수였다. 합당한 명분 없이 질투심만으로 사람을 해칠 수는 없었다.

'흥! 여전히 주제 파악들은 잘 하고 있군! 그러니 항상 저 기생오라비 같은 천룡 녀석한테 치이고 살지!'

내심 냉소한 종심기가 빈정거리듯 전음으로 말했다.

『하긴 두 분에게는 가정이 있으시지요. 미신 당 소저에 대한 마음이 소생과 같지 않은 것도 무리는 아닐 테지요.』

『그게 무슨 소리요!』

『감히 그런 소리를 하다니!』

망설이던 사마무기와 뇌종량이 일제히 발끈했다.

종심기가 한 말은 그들의 역린(逆鱗)을 건드린 것이나 다름없었다. 모든 걸 뒤로하고 미신호위대가 된 그들이 가장 듣기 싫어하는 말이었기 때문이다.

그러자 종심기가 쐐기를 박았다.

『그런 말이 듣기 싫으면 그렇게 뒤로 빼지 말던가요!』

『…….』

『…….』

사마무기와 뇌종량의 눈빛이 변했다.

한차례 표정을 일그러뜨리곤 단호한 결심이 깃든 얼굴이 되었다. 더 이상 소속 문파나 유부남이란 신분을 돌볼수 없게 되었다. 여기서 더 망설이다간 어렵게 쌓아 올린 미신호위대에서의 위치가 흔들리게 될 터였다.

씨익!

종심기의 입가에 미소가 떠올랐다.

이만하면 충분하다.

더 이상 두 사람을 격앙시킬 필요는 없었다.

슥!

그 같은 생각과 함께 그가 적천경을 향해 다가가자 제갈무경이 경고하듯 말했다.

"종 대협, 이곳은 정천맹 총단 내가 아닙니다!"

"내가 그걸 모를 거라 생각하는 것이오?"

"……."

다시 제갈무경이 입을 다물었다.

종심기의 살기로 번들거리는 눈빛!

굳이 의중을 파악할 필요도 없었다. 그는 이미 적천경에게 무력으로 죄를 물을 생각을 굳혔음에 분명했다.

이유?

미신 당세령이 적천경의 손을 잡고 정천맹 총단을 떠났을 때, 이미 그런 것 따윈 필요치 않게 되었다. 미신호위대에 속한 사내라면 이미 적천경에게 유죄를 선고한지 오래였을 테니까 말이다.

게다가 그 같은 결정을 내린 건 종심기만은 아닌 듯싶다.

슥! 스슥!

방금 전까지 속내를 겉으로 드러내지 않고 있던 사마무기와 뇌종량이 종심기를 따라 움직였다.

사마무기의 손에는 독문병기인 금선이 펼쳐져 있었고, 뇌종량은 주먹을 거머쥐었다. 자신 몰래 전음으로 나눈 대화로 단단히 마음을 굳힌 것 같다.

'이렇게 되고 보니 궁금해지는군. 호검관주의 진짜 무공이 어느 정도인지 말야.'

제갈무경의 눈이 반짝였다.

사실 호위이좌의 삼인이 도착했을 때, 그들의 눈빛이 질투로 불타오르고 있을 때, 이 같은 일이 벌어질 것임은 능히 짐작할 수 있었다.

그들도 알고 제갈무경 역시 아는 일이었다.

미신 당세령이 조금이라도 관심을 보인 사내를 미신호위대가 용납할 리가 없다는 걸 말이다.

그래서 제갈무경은 방금 전 적천경에게 달려들었고, 그의 만만치 않은 무공과 진짜 신분을 알고 고민했다. 자신이 함부로 할 수 없는 그의 무공과 신분, 차마 겉으로 드러낼 수 없는 질투심 사이에서 극심한 혼란을 느꼈다.

아니다.

제갈무경은 조금 약게 굴기로 했을 뿐이었다.

그는 자신을 대신해 적천경에게 노골적인 질투심과 분노를 폭발시킬 호위이좌의 삼인을 기다리기로 했다. 그들에게 적천경에 대한 처분을 맡기는 것으로 천룡이란 명성과 존엄을 지키기로 마음먹은 것이다.

게다가 한 가지 더 노린 것이 있다.

— 호검관주 적천경!

정파천하가 된 현 무림에서 근래 떠오른 가장 커다란 태양 같은 존재인 그의 진실한 무공 파악이 그것이었다. 후일 그를 상대할 때 조금이라도 유리한 고지를 점하기 위해선 필수적으로 취해야만 할 일이었다.

그렇다.

삼룡사봉의 으뜸이라 불리는 천룡 제갈무경은 세상에 알려진 것보다 훨씬 꼼꼼한 성품이었다. 천하제일후기지수란 명성을 지키고, 후일 조부인 제갈유하를 이어 천하제일인이 되기 위해 항상 그런 위치를 견지해 왔다.

당연히 그가 적천경을 견제하려는 것은 미신 당세령과 관련된 질투 때문만은 아니었다.

단 일합!

그것만으로 족했다. 충분히 알 수 있었다. 적천경이 강자라는 것은 말이다.

그래서 알아야만 했다.

파악해야만 했다.

그가 얼마만큼 강한지를. 그리고 다시 손속을 겨루게 되었을 때 어떤 식으로 그의 무공을 파훼할 것인지를 말이다.

창!

그때 제갈무경이 지켜보는 가운데 적천경에게 다가들던 종심기의 애병 월아도(月牙刀)가 하늘로 날아올랐다.

어떻게?

어쩌다가?

제갈무경의 잘생긴 얼굴에 의혹이 떠올랐다. 순간적으

로 종심기가 어쩌다가 자신의 애병 월아도를 손에 놓쳤는지 파악하지 못했기 때문이다.

그러나 그건 단지 시작에 불과했다.

파팟!

퍼퍽!

연이어 기묘한 파공성과 타격음이 그에게 전달되어져 왔다. 종심기가 월아도를 놓친 것과 거의 차이를 두지 않고 벌어진 일이었다.

그리고 털썩 바닥에 주저앉은 사마무기!

반면 뇌종량은 석상같이 딱딱하게 굳어 버렸다. 성명절학인 풍뢰무쌍권(風雷無雙拳)의 일초를 채 펼쳐보지도 못하고 혼절해 버린 것이다.

종심기가 당황감에 잔뜩 일그러진 표정으로 소리 질렀다.

"사술(邪術)! 사술이다!"

"사술?"

"그렇다! 네놈은 방금 전에 사악한 사술을 사용했다! 그러니까……."

"종종 그렇게 말하곤 하지. 평생 단 한 번도 진짜 고수를 만나 본 적이 없는 자들은 말야."

"……뭐, 뭐야!"

"아니면 진짜 고수의 무공을 다시 보고 싶은 건가?"

"……."

적천경의 서늘한 시선을 목도한 종심기의 안색이 하얗게 질렸다.

살기?

방금 전까지 그가 적천경에게 품었던 것과는 아예 비교조차 되지 않는다. 그냥 어리광이나 다름없었다. 지금 적천경에게서 일어난 끔찍한 기운과 비교한다면 말이다.

전장!

피를 피로 씻는 전장!

아군과 적군, 피와 시체를 산처럼 쌓아 놓고서 한 마리 아귀(餓鬼)가 되어 뒤엉킨 전장!

바로 그곳에서나 느낄 수 있는 기운이었다.

그 아수라장의 한복판!

적천경은 오로지 단 한 자루의 검을 든 채 현재 종심기를 적으로 간주하고 서 있었다. 단 한순간 만에 삶과 죽음이 결정될 순간, 그 자체를 맛보여 준 것이다.

부들! 부들!

종심기가 풍이라도 맞은 것처럼 몸을 덜덜 떨었다. 언제 적천경에게 살기를 품었냐는 듯 머릿속이 백짓장처럼 하얗게 변했다. 삽시간에 어떤 것도 할 수 없는 몸이 되어 버렸다.

슥!

적천경이 그런 종심기를 잠시 바라보다 신형을 돌려 세웠다. 그에게 자신의 등을 아무렇지도 않게 보여줬다. 정신이 완전히 붕괴된 그가 어떤 짓도 할 수 없을 거란 걸 알고 있었기 때문이다.

'이 정도란 말인가!'

제갈무경이 내심 경호성을 터뜨렸다.

격(格)이 다르다고 해야 할까?

종심기, 사마무기, 뇌종량은 제갈무경의 의도와 달리 적천경의 상대가 되지 못했다. 그의 전력을 끄집어내기 도 전에 비참하게 제압당해 버렸다.

아쉬운 점은 제갈무경이 적천경이 어떤 수법을 사용하 는지도 보지 못했다는 거다. 너무 순식간에 일이 벌어졌 다. 그가 집중하기도 전에 적천경은 그들 삼인을 무장해 제 시켰다. 마치 합공을 펼칠 걸 알고, 먼저 손을 쓴 것처 럼 말이다.

"아쉽군요."

"······."

"호검관주님정도 되는 고수라면 굳이 선공(先攻)을 취 하지 않았더라도 좋은 승부를 벌일 수 있었을 텐데요."

"내가 왜 그래야만 하나?"

"그건……."

"자네는 진짜 싸움을 해 본 적이 없군. 그런 마음은 일찍 버리는 게 좋아. 제아무리 좋은 자질을 지녔대도 그런 마음가짐이라면 후일 진짜 고수와 만났을 때 위험해질 수 있으니까 말야."

"……."

적천경의 담담한 충고에 제갈무경의 잘생긴 얼굴이 딱딱하게 굳었다.

이런 말, 과거 들어본 적이 있었다. 그와 화산파의 후기지수 간에 벌어진 비무를 지켜본 후 지나가는 말처럼 한마디를 남겼던 매화검신 유원종에게 말이다.

그때는 유원종의 노파심이라 여겼다.

아니면 그의 지도를 받은 화산파 후기지수를 압도한 자신에 대한 질시라 생각했다. 그만큼 제갈무경은 여타 후기지수와 비교할 수 없이 강했다. 여태까지 제대로 된 적수 자체를 만난 적이 없을 정도로 말이다.

'그런데 어째서! 지금 이때 호검관주에게 다시 그런 말을 듣는 것이냐!'

제갈무경이 내심 버럭 소리를 지르고 검에 손을 가져갔다.

방금 전과는 마음이 달라졌다.

진심이 되었다.

자신의 모든 걸 걸고 적천경과 지금 당장 승부를 보고 자하는 마음이 된 것이다.

그러나 제갈무경의 그 같은 마음을 아는지 모르는지 점차 멀어져가고 있는 적천경의 뒷모습!

집중하면 할수록 점차 거대하게 느껴진다.

어느 때보다 잔뜩 고양된 승부욕을 흐트러뜨린다. 여태까지와 달리 자신의 의지가 아닌, 타의에 의해 그리 되었다. 검을 뽑아 들 마음 자체가 따뜻한 봄바람을 만난 눈처럼 서서히 사라져가고 있었다.

툭!

그래서 제갈무경은 결국 검을 뽑지 못했다.

그냥 망연한 눈빛을 한 채 강가 쪽으로 걸어가는 적천경을 바라보고만 있었다.

그러다 그의 봉황안이 다시 기운을 되찾았다.

'다시 확인해 볼 것이다! 천하제일영웅대회에 출전해서 그와 정면으로 부딪쳐서 오늘의 굴욕을 반드시 씻어내고 말 것이다!'

스스로에게 하는 다짐이었다.

        *   *   *

"아쉽구만!"

"무엇이 아쉽다는 겁니까?"

"그야 당연히 황후님을 뵙지 못한 걸 말하는 게 아니겠느냐!"

"……."

구손이 특유의 속내를 읽기 힘든 표정으로 강가의 버드나무 위에 누워 있는 나현을 올려다봤다. 그가 아직도 미신 당세령을 황후로 만드는 걸 포기하지 않았다는 걸 확인하자 마음 한구석이 답답해지는 것 같다.

물론 속마음만 그렇다.

구손은 다시 시선을 방금 전까지 고정하고 있던 강가로 던졌다. 강을 따라 오고가는 나룻배의 움직임이 그에겐 꽤나 신기했기 때문이다.

"자네도 정말 강북 촌놈 본색을 여지없이 드러내는구만! 강에 배가 오가는 건 당연한 일인데, 뭐가 그리 궁금한 것인가?"

"전당강은 꽤나 물살이 거친 곳이라고 들었습니다."

"그런데?"

"예, 그런데 이곳의 어부님들은 정말 잘도 저 큰 배를 노 한 자루를 가지고 움직이는군요. 정말 놀라운 재주입니다."

"놀라운 재주는 무슨!"

나현이 어처구니없다는 듯 버럭 소리를 지르고 버드나무 위에서 풀쩍 뛰어내렸다. 아주 늘어지게 등을 가지에 대고 있다가 특별한 동작도 없이 허리의 반동만으로 바닥에 내려선 것이다.

슥!

그리고 구손에게 머리를 불쑥 들이밀었다. 표정이 험상궂은 게 한 대 칠 것 같은 기세다.

"그래서 향후 전개는 어찌 예상하고 있는 것이냐?"

"향후 전개요?"

"그래! 향후 막내 녀석과 황후님의 전개 말이다!"

"……."

구손이 다시 묵묵부답(默默不答)을 한 채 나현을 바라봤다. 그러자 나현이 주먹을 들어 올린다. 이번에는 실질적인 압박을 가할 마음이 든 것 같다.

"당장 대답하지 못해! 어서 네놈의 음흉스러운 머릿속에 담긴 생각을 털어놓으라구!"

"그리 말씀하신다면……."

잠시 말끝을 흐려 보인 구손의 얼굴이 살짝 밝아졌다.

저 멀리, 적천경이 다가오고 있었다.

"……적 현제, 여길세!"

"망할!"

나현이 나직한 투덜거림과 함께 들어 올렸던 주먹을 슬그머니 내려뜨렸다.

삼형제의 서열!

명목상, 연배상으로 맺은 것과는 많이 다르다. 현재의 모습이 그 같은 현실을 명확하게 확인시켜주고 있었다.

그 사이 적천경이 두 사람을 발견하고 얼른 신법의 속도를 올려서 다가들었다. 방금 전 몇 명의 후기지수에게 악몽을 선사한 사람치고 표정이 꽤나 산뜻해 보인다.

"나 대형도 계셨습니까?"

"구경 왔지."

"구경이요?"

"어. 구손 아우가 이맘때쯤 이쪽에 오면 좋은 구경거리가 생길 거라고 했거든."

"……"

적천경이 구손을 바라봤다.

'역시 그랬던 건가?'

참 묘한 사람이다. 어떤 의미에선 금전에서 만났던 장천사보다 신비로운 구석이 있다는 생각이 들었다.

그래서 그를 믿기로 했다.

자신의 모든 걸 걸고 살기로 싶었던 아내 소연정.

그녀와 동일한 천형의 병에 걸린 처제 소하연을 살릴 수 있는 실낱같은 희망을 그에게 걸었다. 어떻게든 해 줄 것 같다는 맹목적인 기대를 품은 것이다.

"……그래서 좋은 구경은 잘 하셨습니까?"

"좋은 구경은 무슨!"

버럭 소리를 지른 나현이 언제 구손에게 달라붙어 있었냐는 듯 적천경에게 바짝 다가들었다. 얼굴이 묘하다. 뭔가 간절히 원하는 것이 있어 보인다.

"저기……."

"미신 당 소저에 대한 거라면 묻지 말아 주십시오."

"……왜!"

"하연 처제의 병을 치료해 줄 분입니다. 만약 처제의 병 치료에 문제가 발생한다면 나 대형이라 해도 결코 용서하지 않을 생각입니다."

"……."

오랜만에 보는 적천경의 강렬한 눈빛에 나현이 자라목이 되었다. 이렇게 나올 때의 적천경은 결코 건드려선 안된다는 걸 무당산에서 이미 경험한 바 있었다.

그때 구손이 두 사람 사이에 끼어들었다.

"적 현제, 이제 슬슬 돌아가 봐야할 시간인 것 같네."

"예."

적천경이 대답하자 나현이 슬며시 인상을 써 보였다. 같은 형인데, 자신과 구손을 대하는 게 다른 적천경의 행동에 뿔이 난 것이다.

잠시뿐이었다.

곧 그의 입이 헤벌쭉하니 벌어졌다. 적천경이 그를 위해서 루외루의 숙수 문정을 불렀다는 말을 들었기 때문이다. 참 알기 쉬운 성격을 가진 그였다.

*　　　*　　　*

밤.

항주의 날씨는 강북과는 달리 온후한 편이다.

밤이 되었어도 선선한 바람이 살랑거리며 불어와 사람의 마음을 조금씩 들뜨게 한다.

숙수 문정이 작심하고 만든 온갖 요리에 환호작약하는 나현을 뒤로하고 적천경은 정원으로 나왔다. 근래 꽤나 기름진 음식을 많이 먹어서인지 속이 살짝 불편했다. 아무래도 적당히 산책이라도 하면서 소화를 시켜야만 할 것 같았다.

우연일까?

그와 비슷한 이유로 먼저 밖에 나온 사람이 보였다.

황조경이다.

그녀가 은근히 튀어나온 아랫배를 손으로 문지르며 정원 주변을 서성이다 적천경을 보고 낯을 가볍게 붉혔다. 소화를 시키려고 무심결에 한 행동을 들킨 셈이라 은근히 마음이 불편해진 것이다.

적천경이 그런 그녀의 속내를 아는지 모르는지 빠른 걸음으로 다가가며 말했다.

"먼저 나와 계셨군요?"

"아, 예……."

"강남은 좋군요."

"……예?"

"밤에도 바람이 차갑지 않아서 좋다는 겁니다. 이런 온화한 날씨가 계속되는 곳인지 미리 알았다면 더욱 좋았을 테지만요."

"……."

황조경이 적천경을 모호하게 바라봤다. 그가 갑자기 이런 말을 하는 이유를 짐작하기 어려웠기 때문이다.

적천경이 뒤통수를 가볍가 긁었다.

"이런! 제가 이상한 소리를 했군요. 그냥 날씨가 좋아서 처제의 병에 나쁘지 않을 것 같아서 한 소리입니다."

"아!"

황조경이 나직이 탄성을 내뱉었다. 그제야 적천경이 한 말의 의미를 알 수 있었다. 어떤 마음으로 그 같은 말을 꺼냈는지도 함께 말이다.

'하긴 항주는 주변의 시설도 편리하고, 날씨도 온화해서 중원에서 이보다 살기 좋은 곳을 찾기가 어렵다고 할 수 있을 거야. 하지만……'

내심 말끝을 흐린 황조경이 천천히 고개를 저어보였다.

"하지만 저는 적 관주님과 의견이 달라요."

"예?"

"아니, 제가 그렇다기보다는 연정 동생이 그리 생각했을 것 같군요. 확신은 하지 못하겠지만 분명 그럴 것 같아요."

"……."

적천경이 황조경을 묘하게 바라봤다. 그녀가 아내 소연정을 언급하며 반대 의견을 말하자 은근히 신경이 쓰였다.

그럴 수밖에 없었다.

아내 소연정이 죽기 전까지 정성을 다했던 황조경이었

다. 그가 의원이나 약을 찾기 위해 호검관을 비울 때마다 그녀는 항상 아내 소연정의 곁을 지켜줬다. 흡사 친자매라도 되는 것처럼 적천경을 대신해 소연정과 함께 했다.

그래서 적천경은 항상 그녀에게 일정 부분 이상으로 마음의 빚을 느끼고 있었다.

아니다.

그 같은 마음의 빚은 오히려 아내 소연정이 느꼈던 것 같다. 그래서 그녀는 죽기 전 적천경에게 자신의 속내를 털어놨다. 정말 힘들다는 말과 함께 적천경에게 눈물로 말했다.

하지만 곧 처제 소하연이 발병했고, 적천경은 아내 소연정의 눈물 어린 부탁을 외면해야만 했다. 그녀의 마지막 부탁을 줄곧 듣지 않은 것으로 해 왔다.

'어쩌면 아내는 황 소저에게도 내게 했던 부탁과 비슷한 말을 남겼던 것일까? 그렇다면 그동안 황 소저는⋯⋯.'

적천경이 내심 고심에 빠져 있을 때였다.

탁!

갑자기 황조경이 심각해진 적천경의 어깨를 손바닥으로 한 대 때리고 입가에 웃음을 띠었다.

"하하, 적 관주님, 왜 그렇게 심각한 표정을 짓고 계신 거예요?"

"나는……."

"그냥 지레짐작한 거예요. 제가 연정 동생이었다면 절대로 호검관을 떠나고 싶지 않았을 것 같거든요."

"……."

"그렇잖아요? 연정 동생은 적 관주님과 함께 호검관을 처음부터 일궜어요. 그리고 그곳은 연정 동생이 태어나서 장성하고, 적 관주님을 만난 고향이에요. 그런 곳을 떠나서 낯설고, 물선 곳으로 떠나고 싶진 않았을 것 같아요. 그곳에 아무리 상유천당(上有天堂), 하유소항(下有蘇杭)이라 불리는 항주라고 할지라도 말이에요."

탁!

황조경이 적천경의 어깨를 다시 한 대 때리고, 눈을 빛내며 말했다.

"이번 '천하제일영웅대회' 우승할 자신 있죠?"

"그래야만 할 것 같습니다."

"그래야만 한다?"

적천경이 한 말을 따라한 황조경이 고개를 끄덕여 보였다.

"적 관주가 그렇게까지 말하면 됐네요! 됐어요!"

"황 소저 나는……."

"그럼 오늘은 일찍 주무시러 들어가세요. 내일부터 본선 시작이잖아요."

"……."

적천경이 뭐라 하기도 전에 황조경이 신형을 돌려 자신의 처소로 뛰어갔다.

그럴 수밖에 없다.

그녀는 지금 무척 부끄러웠다.

쥐구멍이 있으면 그곳에라도 뛰어 들어가고 싶었다. 적천경이 아내 소연정을 잊지 못한 듯한 말을 듣고 불쑥 마음 한구석에서 고개를 든 질투심을 자각했기 때문이다.

게다가 단지 소연정 뿐만이 아니었다.

황조경은 소하연에게도 비슷한 감정을 느꼈다.

적천경이 천하제일영웅대회에 참가한 것이 그녀의 병치료 때문임을 떠올리고 마음이 복잡해졌다. 소연정 때와 비슷한 질투심으로 평정심이 흐트러져 버린 것이다.

어째서 이런 걸까?

아니, 왜 항상 이런 걸까?

'이게 모두 바보 같은 적 관주 때문이야! 목석같이 내 마음도 몰라주는 그 사람 때문이라구!'

황조경은 적천경을 원흉으로 지목했다.

그에게 모든 걸 떠밀고서 마음껏 욕했다.

그렇게라도 하지 않으면 부끄러움으로 달아오른 얼굴에 대한 변명을 할 수 없었다. 누구에게도 들키기 싫은 자신의 못난 마음을 변호할 수 없을 것만 같았다.

그때 산중루의 정원으로 한줄기 바람이 불어왔다.

휘이이이잉!

황조경의 복잡해진 머리를 스치듯 휘어감은 바람이 정원의 이곳저곳을 헤집고 다녔다. 삽시간에 참 많이도 돌아다녔다. 누가 바람이 아니랄까 봐 부산하게도 말이다.

그리고 마지막으로 도착한 곳!

살랑!

맨 처음, 강풍이라 해도 과언이 아니었던 바람은 이젠 미풍이 되었다. 기분 좋을 정도의 산들바람이 되어 적천경의 얼굴을 쓰다듬어 줬다.

'수선화(水仙花) 향기…….'

황조경의 향기다.

이 밤, 그녀가 적천경에게 남긴 자신의 은밀한 속내였다.

3장

일품석(一品席)에서 만난 후기지수들

　정천맹 총단 앞에는 여전히 장사진이 펼쳐져 있었다. 예선이 진행될 때보다 전혀 사람의 숫자가 줄어들지 않았다. 아니, 오히려 무림인 이외의 사람은 더욱 늘어난 듯싶었다.

　그럴 수밖에 없다.

　오늘부터 천하제일영웅대회의 본선이 시작되었다.

　청운의 꿈을 품고 항주 정천맹 총단을 찾았던 젊은 후기지수들 중 고르고 골라진 인재들의 쟁패(爭霸)!

　진짜다.

　진짜들이 모습을 드러내는 날이 된 것이다.

당연히 정천맹 총단 인근에 장사진을 친 사람들은 각양각색의 행색을 하고 있었다. 천하제일영웅대회 본선이 벌어지는 동안 특별히 개방되는 정천맹 총단에 모여든 구경꾼, 그들을 상대로 물건을 파는 장사치들 때문이었다.

그중 적천경 일행도 포함되어 있었다.

천하제일영웅대회 참가자인 적천경 외에 황조경, 나현이 바짝 붙어 따르고 있었다. 소하연의 곁에 남은 구손과 장호웅을 제외하곤 모두 적천경을 따라나섰다.

번잡하기 이를 데 없는 정천맹 총단의 정문을 세심하게 살피던 황조경의 입술꼬리가 살짝 치켜 올라갔다.

"쳇! 역시 예상대로 화악상단 녀석들이 벌써부터 잔뜩 진을 치고 있잖아!"

"화악상단?"

적천경이 의아한 시선을 던지자 황조경이 투덜대며 말했다.

"저길 보세요. 정천맹 총단 정문 주변, 요지를 선점하고 있는 상인들 사이로 작은 깃발 같은 게 있잖아요."

"그렇군요."

"저게 화악상단을 나타내는 표식이에요. 천하 삼대 상단 중 하나인 주제에 커다란 깃발 같은 걸 드러내지 않는

건 아마 흑방(黑幇)이나 하오문 쪽과 손을 잡았기 때문일
거예요."

"흑방이나 하오문?"

"간단히 말해서 뒷골목 패거리를 뜻해요. 그들은 주로
강호 밑바닥에서 더럽고 하찮은 일을 주로 맡아서 하는
데, 이번에는 내기도박에 뛰어든 걸 거예요."

"……"

적천경이 입을 다문 채 눈살을 찌푸리자 두 사람 뒤를
말없이 따르고 있던 나현이 심술궂게 말했다.

"정말 훌륭한 정파천하로구만! 정파의 중심이라는 정
천맹의 한복판에서 흑방이나 하오문 같은 뒷골목 패거리
들이 날뛰다니 말야!"

황조경이 얼른 제지했다.

"나 대협, 목소리가 너무 커요!"

"……"

"그리고 본래 세상에는 빛과 그림자가 존재하는 법이
에요. 정천맹 천하에서 이런 재미라도 없다면 사람들이
무슨 낙으로 살겠어요?"

"이런 재미?"

"이렇게! 이렇게요!"

황조경이 얼른 골패를 던지고, 검패의 패를 쬐는 시늉

을 해 보였다. 아주 능숙한 게 도박에도 일가견이 있는 것 같다.

"푸하핫!"

결국 나현이 참지 못하고 너털웃음을 터뜨렸다. 황조경과 얘기를 하다 보면 계속 꼬인 심사를 유지하기가 쉽지 않다. 참 좋은 여인이란 뜻이다.

그때 이런저런 얘기와 함께 사람들을 헤치고 정천맹총단으로 들어서던 세 사람에게 익숙한 사람이 다가왔다. 며칠 전 만난 바 있던 예선 심사관 신안수사 안휘였다.

"적 관주, 여기로 오시오!"

적천경이 자신에게 은밀히 손짓하는 안휘를 의아하게 바라보고 그에게 다가갔다.

"안 대협……."

"역시 비무가 없는 날임에도 왔구려."

"……구경 왔습니다."

"허허, 구경이라……."

묘한 표정으로 웃음을 지어 보인 안휘가 적천경의 뒤를 따라온 황조경과 나현에게 눈을 번뜩였다. 신안수사란 무림명이 붙은 자답게 두 사람의 범상치 않은 내력을 단숨에 파악해낸 것이다.

슥!

대뜸 황조경에게 두 손을 모아 공수한 안휘가 정중하게 말했다.

"정천맹의 안 모가 황금귀상련의 부련주이신 적봉황 황 소저를 뵈오이다!"

"혹시 놀라운 안목으로 유명한 감찰원주 신안수사 안휘, 안 원주님이 아니신가요?"

"역시 황금귀상련의 정보력은 명불허전이로군요. 강남 땅에도 비선이 존재하는 가 봅니다?"

"그럴 리가요? 강남은커녕 이곳 항주 일대조차 화악상단의 세력이 막강해서 황금귀상련의 조직은 하나도 존재하지 못한답니다."

"설마, 그렇기야 하겠습니까?"

"사실이에요."

"허허, 안 모가 상계의 일은 잘 몰라서……."

다소 공격적인 황조경의 말에 안휘가 살짝 물러섰다. 그녀와 정천맹을 중심으로 한 상계의 얘기를 나누기엔 적당치 않은 장소란 생각이 든 때문이다.

그리고 그의 시선이 슬며시 나현을 향한다.

"……한데, 안 모가 과문(寡聞)하여 곁에 계신 대협에 대해 알지 못하겠군요?"

"이 분은……."

황조경의 말을 나현이 중간에서 가로챘다.

"본인은 육선문 출신의 나 모라 하외다."

"육선문이라면……."

"퇴역 군인이오. 그냥 그렇게만 아시오."

평소의 나현과는 다르다.

위압감이 느껴지는 말투로 압박하자 안휘의 신안이 가벼운 이채를 발했다. 순간적으로 나현의 무공 수위와 내력을 꼼꼼하게 훑어 내려간 것이다.

그러나 본래 황궁을 기반으로 비전되는 게 창위의 무공이었다.

그중에서도 나현은 창위의 십대 고수 중 한 명이었던 만큼 일반적인 무림인과는 무공의 체계 자체가 달랐다. 아무리 안휘가 신안으로 유명하다하나 쉽사리 무공 내력을 파악하긴 곤란했다. 그보다 월등히 무공이 뛰어난 자라해도 그러기가 쉽지 않았기 때문이다.

'퇴역 군인이라…….'

결국 안휘가 내심 눈살을 찌푸리고 나현에게 역시 공수했다.

"본래 강물은 우물물을 범접하지 않는 법! 나 대협께서도 그 이치를 잘 알고 계실 테지요?"

"당연한 이치 아니오?"

"안 모, 그럼 그리 알고 있겠습니다."

"그러시오."

나현의 사무적인 대답에 안휘가 다시 눈에 이채를 발하고 적천경에게 말했다.

"적 관주, 이품패를 가지고 오셨소이까?"

"여기 있습니다."

적천경이 품에서 이품패를 꺼내 보이자 안휘가 한차례 고개를 끄덕여 보였다.

"확인했소이다. 적 관주와 일행 분들에게 비무대 앞쪽에 자리를 마련해 드릴 테니 따라오도록 하시오."

"이품패에 이런 용도도 있었던 겁니까?"

"사실은 일품패를 받은 자에게만 주어지는 특혜요. 다만……."

잠시 말끝을 흐린 안휘가 입가에 흐릿한 미소를 만들어 냈다.

"……예선 심사관의 권한으로 일품패와 동일한 특혜를 잠시 부여할 수 있소이다."

"이유가 있을 것 같습니다만?"

"이유를 물으시는 것이오?"

"……."

적천경이 묘하게 야유하는 빛이 담긴 안휘의 시선에 입을 다물었다. 문득 짐작이 가는 바가 있었기 때문이다.

그러자 안휘가 다시 고개를 끄덕여 보이고 적천경 일행을 비무대 쪽으로 안내했다.

* * *

일품석(一品席).

정천맹과 각계의 명사들에게 배당된 특별석(特別席)에서 꽤 떨어져 있긴 하나 상당히 좋은 자리다. 눈앞에 보이는 비무대의 광경이 자세히 보이는 게 구경하는 자리론 그야말로 명당이라 할 만했다.

그곳에는 이미 선객들이 제법 들어차 있었다.

— **일품패의 소유자들!**

당대 후기지수 중 고르고 골라진 명문정파의 용호 같은 기재들이 일행과 함께 자리하고 있었다. 적천경과 같이 특별 시험을 치렀거나 미리 일정한 약속을 받고 천하제일영웅대회에 참가한 것일 터였다.

그중 눈에 익은 자들이 있었다.

그것도 다수였다.

"우와아! 형님이다! 형님이 왔어!"

"과연 형님이십니다! 역시 형님이시라면 이곳에서 만날 수 있을 거라 생각했습니다!"

적천경을 보자마자 환호작약한 자들은 이젠 정이 들 것 같은 남궁성과 언지경이었다. 그들은 수일 전 대형으로 모신 취룡 진남천과 함께 자리하고 있다가 적천경에게 달려왔다. 어느 모로 보든 과거 오대세가의 한 자리를 차지하고 있던 명문의 자제들과는 사뭇 거리가 먼 행태였다.

그것도 잠시 뿐.

"뒤질래!"

진남천의 나지막한 으르렁거림에 남궁성과 언지경이 움찔하는 표정으로 적천경으로부터 떨어졌다. 그동안 상당한 갈굼이 있었던 듯 진남천의 눈치를 보는 게 장난이 아니다.

슥!

진남천이 일어서서 적천경을 취기 어린 눈빛으로 바라봤다.

"사부, 내 옆자리가 비었으니 이리 오시오."

"사부?"

"뭐, 호칭 따위엔 신경 쓰지 마시오. 나한테 뭔가 공부할 거리를 던져 줬으니, 그걸 풀 때까진 그리 부를 생각이니까."

"생각 이상으로 제멋대로인 친구로군?"

"이렇게 생겨먹은 걸 어쩌겠소?"

"그럼, 배사지례(拜師之禮)는 나중으로 미루도록 하지."

"……."

적천경의 태연한 대답에 진남천의 표정이 묘하게 변했다. 이런 식으로 적천경이 대응할 줄은 몰랐던 것이리라.

잠시뿐이다.

곧 그가 씨익 웃어 보였다. 그리고 다시 뭐라 하려는데, 반대편 자리에 앉아 있던 청의 방립녀가 나직한 목소리로 말했다.

"은인께서 시끄러운 소란이 싫다면 이쪽에도 자리가 있습니다."

'은인?'

황조경이 민감한 반응을 보였다. 청아한 목소리가 돋보이는 청의 방립녀가 적천경에게 친근하게 구는 것이 신경 쓰였기 때문이다.

아니다.

그보다 황조경의 신경을 건드린 건 청의 방립녀의 독특한 복색과 태도에서 한 명의 여인을 연상해서였다. 자신과 동급으로 분류되는 당대 최고의 여자 후기지수 중 한 명을 말이다.

그때 황조경의 예상을 뒷받침이라도 해 주려는 듯 진남천이 안색을 가볍게 일그러뜨린 채 말했다.

"검봉황! 이렇게 새치기를 하는 건 도리가 아니지 않소?"

'검봉황? 저 여자가 당대 검각의 검후 후보라는 검봉황 남명주로구나!'

황조경이 눈을 빛냈다.

검각!

본거지를 남해에 두고는 있으나 본래 하남성 일대에서 세력을 떨치던 정통 검문이다. 검후는 대개 남해의 본거지에서 배출되곤 하나 하남성 일대에 여전히 강력한 영향력을 행사하고 있었다. 불문제일의 문파인 소림사(少林寺)가 검각과 좋은 관계를 유지하고 있기 때문이다.

당연히 하남성 일대에 적지 않은 사업을 벌이고 있는 황금귀상련 입장에선 매우 중요한 고객 중 하나가 검각이었다. 특히 후일 검후가 될 가장 강력한 후보자인 남명주에 대해선 이미 오래전부터 주의 깊게 살피고 있던 터였다.

슥!

황조경이 남명주에게 다가가 말했다.

"황금귀상련의 황조경이라 해요. 무림을 오랫동안 돌아다녔지만 다른 사봉을 만난 건 처음이로군요."

"다른 사봉……."

"적봉황이 바로 저예요."

"……아!"

남명주가 나직한 탄성과 함께 자리에서 일어서 얼굴을 가린 방립을 살짝 치켜올렸다.

"검각의 하남성 지파를 물심양면으로 돌봐주고 계신다는 말은 익히 들었습니다. 저는 남명주라 합니다."

'호오! 과연 미인이군.'

황조경이 언뜻 드러난 남명주의 옥처럼 맑고 단아한 얼굴을 보고 내심 나직이 감탄했다. 난초(蘭草)를 닮은 은은한 미모가 보는 이를 기분 좋게 만든다고 생각한 것이다.

그러나 조금 마음이 놓이기도 했다.

남명주의 미모는 무당파의 화선검 우인혜와 비슷했으나 창위 부영반 주약린이나 미신 당세령과 비교하기엔 크게 부족했다. 그녀들 앞에서도 큰 동요를 보이지 않았던 적천경임을 감안하면 그리 큰 걱정은 하지 않아도 될 것 같았다.

그런데 그때 다른 미녀가 일품석에 나타났다. 청초하고 천진난만한 미모를 지닌 화산파의 장중보옥(掌中寶玉) 옥봉황 유청려였다.

"명주 언니, 누구와 대화를 나누고 있는 거예요?"

남명주가 그녀를 돌아보며 말했다.

"청려 동생, 마침 잘 왔어. 루외루에서 동생을 악적으로부터 구해 줬던 은공이 궁금하다고 했었지?"

"설마!"

"그래, 저기 계신 소협께서 청려 동생과 날 구원해 주신 은공이시니 인사드려."

"아!"

유청려가 남명주의 손가락이 가리키는 방향에 서 있는 적천경을 발견하고 나직이 탄성을 발했다. 화산 절봉 위에 피어난 한 떨기 매화처럼 아름다운 얼굴에 사르륵 붉은 기운이 감돈다. 적천경이 생각했던 이상으로 훌륭한 기태를 지니고 있었기 때문이다.

'어라?'

황조경의 눈 사이가 좁혀졌다.

산 넘어 산이랄까?

남명주에 이어 나타난 유청려의 적천경을 대하는 태도가 신경 쓰인다. 아주 대놓고 노골적인 관심을 표명하고 있는 것이다.

'항주에 도착한 지 얼마나 되었다고 적 관주는 이렇게 많은 미인을 만난 거람? 아니, 그보다 옥봉황의 은공은 또 언제 된 거야?'

황조경이 내심 투덜거리고 있을 때였다.

유청려가 가벼운 걸음으로 적천경에게 다가가 봄꽃같이 수줍은 표정과 함께 말했다.

"소녀는 화산파의 제자 유청려라 합니다. 명주 언니의 말처럼 루외루에서 절 악적으로부터 구출해 준 은공이 맞으신 건가요?"

"강호의 동도로써 마땅히 해야 할 일을 했을 뿐이니, 유 소저는 신경 쓰실 필요 없습니다."

"일신에 절학을 지닌 분답게 훌륭한 마음가짐이십니다. 하지만 소녀 유청려의 절은 받아 주셨으면 합니다."

유청려가 수줍음 속에 한줄기 명문정파의 기상을 드러내며 정중하게 적천경에게 허리를 숙여보였다. 과연 정파 천하에서도 손꼽히는 화산파의 제자답다고 할 만했다.

한데 그녀의 표정이 살짝 바뀌었다.

미묘한 변화랄까?

오로지 정면에서 지켜보고 있는 적천경만이 확인할 수 있었다. 아주 잠깐사이에 바뀌었기 때문이다.

『당시 은공께서 소녀의 내상을 치료해 주셨다고 들었습니다. 사실인지요?』

'기시감이 느껴지는군.'

그렇다.

예전에 적천경은 무당산에서 비슷한 일을 경험한 바 있었다. 무당파의 여자 도사인 신려 우인혜의 목숨을 구해 준 후 추궁을 당해야만 했던 것이다.

물론 다른 점도 분명하다.

'목격자가 분명하니 변명 따윈 통하지 않을 터.'

내심 가볍게 눈살을 찌푸려 보인 적천경이 미미하게 고개를 끄덕여 보였다. 그러자 유청려의 얼굴이 다시 붉은 기를 띠었다. 뭘 생각하는지 대충 짐작이 간다.

잠시뿐이다.

적천경에게 다시 고개를 한차례 숙여 보인 유청려가 표정을 일신하고 말했다.

"일품석에 오신 걸 보니 은공께서도 이번 천하제일영

웅대회에 참가하기로 하신 건지요?"

"그렇습니다."

"그럼 저희 옆자리가 비었으니⋯⋯."

"새치기는 곤란하지!"

불쑥 뒤에서 튀어나온 퉁명스러운 목소리에 유청려의 고운 눈매가 가볍게 찌푸려졌다.

"⋯⋯진 소협, 새치기라니, 무슨 말씀이시죠?"

슥!

자리에서 일어서 어느새 두 사람 앞에 도착한 진남천이 유청려에게 히죽 웃어 보였다.

"나중에 와서 듣지 못한 모양인데, 유 소저가 은공이라 부르는 분은 한동안 내 사부를 하기로 하셨소이다."

"사, 사부요?"

"그렇소. 한동안만이지만 분명 그렇소이다. 그러니 어찌 중간에 툭 튀어나온 유 소저에게 진 모가 사부를 빼앗길 수 있겠소이까? 그렇지 않습니까? 황 소저!"

진남천이 황조경에게 소리 지르자 그녀가 콧잔등을 살짝 찡그려 보였다.

'화산파에 대한 감정을 풀기 위해 날 이용하려 하다니! 하지만 이번엔 받아 줄 수밖에 없겠구나!'

내심 진남천을 곱지 않게 바라본 황조경이 적천경에게

말했다.

"적 관주님, 저는 진 소협과 자리를 함께 하겠어요."

"저 역시 황 소저의 의견에 따르겠습니다."

"나는 생각이 다른데……."

나현이 뭐라 말하려다 거북목이 되었다. 은연중 자신을 노려보는 황조경의 따가운 시선을 느낀 때문이다.

짝!

진남천이 박수를 쳤다.

"이것으로 결정 났군!"

"……."

유청려가 진남천을 침묵 속에 바라봤다.

두 사람은 본래 오래전부터 아는 사이였다. 같은 섬서성에 속한 화산파와 종남파 간에 교류가 빈번했기에 몇 차례나 만난 적이 있었다.

그래서 유청려는 진남천의 행동이 이해가지 않았다. 삼룡에 속한 그가 얼마나 고집불통에 오만불손한 성품인지 알고 있었기 때문이다.

하지만 그녀는 화산파의 장중보옥이라 불리는 존재였다. 여느 무림의 여인처럼 자신의 속내를 함부로 드러낼 순 없었다. 그것도 진남천이 있는 앞에선 말이다.

'하아! 게다가 은공에겐 이미 여인이 있는 듯하다. 그

것도 적봉황이란 굉장한 미인이······.'

내심 한숨을 쉬며 슬쩍 황조경을 바라본 유청려가 힘 없이 남명주와 손을 잡고 자신들의 자리 쪽으로 걸어갔 다. 적천경에게 전음으로 속내를 드러낸 게 무척이나 부 끄러웠다. 만약 곧 본선 비무가 시작되지 않았다면 신형 을 날려 이곳을 떠나고 싶을 정도였다.

남명주가 조심스럽게 말했다.

"청려 동생, 안색이 좋지 않은데 괜찮아?"

"예."

"설마 아직도 부상이 다 낫지 않은 건 아닐 테지?"

"그런 건 아니에요."

유청려가 가냘픈 대답과 함께 남명주에게 고개를 저어 보였다. 더 이상 자세히 묻지 말아달라는 의미였다.

"······."

남명주가 그런 유청려를 걱정스럽게 살피다 적천경 쪽 을 바라봤다.

아니다.

사실 그녀가 바라본 건 적천경 곁을 지키고 있는 황조 경이었다. 같은 여인이 보기에도 매력이 넘치는 미녀인 그녀가 유청려를 상심하게 만들었음을 눈치챈 것이다.

'어쩌면 잘 된 걸지도······.'

내심 자신만 이해할 수 있는 중얼거림을 흘린 남명주
가 유청려의 손을 쥐었다. 여태까지 보다 조금 강하게.

                    *   *   *

 적천경이 일품석에 자리하고 얼마나 지났을까?

 갑자기 진남천이 그를 조용히 비무대 뒤편으로 불러냈
다. 아마 전날 끝내지 못한 문답이 신경 쓰였기 때문일
것이다. 존엄한 문파의 사승관계조차 개의치 않고 적천
경을 사부라고 불렀을 정도였으니 말이다.

 "종남파의 천하삼십육검이 천하도도, 천하성산, 천하
도사, 천하성진, 천하도괘, 천하수조, 천하비사, 천하제
탄, 천하밀밀, 천하무궁의 열 가지 초식으로 구성되어 있
다는 건 유명한 말입니다. 뭐, 종남에 대해 조금만 아는
섬서성의 무림인이라면 다 꿰고 있는 사실이란 거지요.
하지만 이 천하삼십육검이 대성할 경우 한 번에 서른여
섯 방위 전부를 공격할 수 있다는 것과 그전에 반드시 두
가지 검법 중 하나를 완성해야만 한다는 걸 아는 사람은
거의 없습니다."

 "……."

 "사부라 부르겠다고 했으니 묻겠습니다. 어떻게 종남

파에서도 오로지 천하삼십육검을 정식으로 익히는 제자들만 알고 있는 사항을 제게 지적하신 것입니까?"

진남천의 불꽃같은 눈빛을 묵묵히 받아들이며 적천경은 잠시 생각에 잠겼다.

사부에게 전해 들었던 종남파 고수에 대한 이야기……

아니다.

그보다는 검로의 극치를 이뤘다고 생각했던 사부를 감탄시켰던 진짜 천하삼십육검의 위력에 대한 것이었다. 실제로 사부는 과거 천하삼십육검의 파상적인 공세에 밀려서 한동안 꽤나 고전했다고 한다. 만약 중간에 종남파고수가 검로의 흐름이 불규칙하게 흐트러지지 않았다면 패배를 경험했을지도 모른다는 말도 했다.

물론 그건 사부의 경우였다.

현재 적천경은 칠 년 전 검로와 호흡을 잃어버린 후 새로운 길을 모색하고 있는 중이었다. 그 사이 몇 가지 무공을 억지로 만들어 내야만 했는데, 천하삼십육검 역시 참조했다고 할 수 있었다. 사부에게 전수받은 검로를 제대로 사용할 수 없게 된 상황에서 어쩔 수 없이 한 선택이었다.

'그래서 내 호검팔연식에는 종남파의 천하삼십육검뿐

아니라 검각의 육형예장검(六形藝掌劍), 소림사의 달마삼검(達摩三劍), 개방의 팔비신검법(八臂神劍法)등의 독특한 점이 적당히 포함되어 있다. 사부님께서 과거 무림을 종횡하던 중 만났던 호적수들의 절학들을 나는 조금씩 차용한 것이다. 한데 갑자기 그때의 선택이 이런 골치 아픈 일을 만들어 낼 줄은 몰랐구나…….'

그렇다.

골치 아픈 일이다.

별다른 고민 없이 차용했던 무공의 실제 주인을 만나게 되어 추궁을 받는 상황에 처하게 되었으니 말이다. 자칫 몇몇 문파로부터 무공을 훔친 도둑으로 몰릴 수도 있는 문제였다.

하지만 적천경은 곧 입가에 가벼운 미소를 떠올렸다. 문득 이런 고민이 하릴없다는 생각이 들었기 때문이다.

"궁금한 게 그것 뿐만은 아닐 텐데?"

"그건…….".

잠시 말끝을 흐린 진남천의 눈빛이 더욱 강해졌다.

"……본파의 천성무극검과 천성패극검은 비검(秘劍)입니다. 실제 본파의 제자들 중에서도 그 존재를 아는 자는 극소수에 불과합니다."

"그럴 수밖에 없겠지. 두 검법 모두 현재 종남파에 불

완전한 형태로 남겨져 있을 테니까."

"그런 것까지 알고 계셨습니까?"

"뭐, 나도 과거 사부님께 우연히 전해 들었을 뿐이야."

"사부님이시라면……."

"그분의 존함을 알려하지 말게. 나도 모르니까."

"……."

진남천이 불신이 담긴 시선으로 적천경을 바라봤다.

보통 무림 중에 사승관계란 생사를 걸 정도로 존엄했다. 사부의 명성이나 은원 때문에 제자가 목숨을 거는 일이 비일비재했다.

그래서 일부러 사문의 내력을 숨기는 일 역시 많았다. 어디에서 원수를 만날지 알 수 없었기 때문이다.

'설마 내 눈앞에 있는 자의 사부가 오래된 본파의 원수인 건 아닐 테지?'

의구심이 가득한 진남천의 시선을 느낀 적천경이 변명하듯 말했다.

"내 말을 믿기 힘들다는 건 이해해. 하지만 나는 거짓말을 하고 있는 게 아니야."

"……."

"아마 이걸 보면 내 말을 이해할 수 있을 거야."

적천경이 담담한 말과 함께 손날을 가볍게 들어서 몇

가지 변화를 만들어 보였다.

천하삼십육검 중 일초식인 천하도도?

비슷한 듯하면서도 다르다.

변화가 완만하면서도 기묘하게 사람의 허를 찌르는 예리함이 있었는데, 특히 마지막 변초가 독특했다.

"그건!"

자신도 모르게 진남천이 놀라 소리쳤다. 적천경이 펼쳐 보인 초식이 자신이 아는 검법을 닮았다는 걸 뒤늦게 눈치챘기 때문이다.

적천경이 초식을 중간에 멈춘 후 미미하게 고개를 끄덕여 보였다.

"역시 알아보는군."

"천성패극검의 검초 중 하나니까요!"

"그래. 하지만 완전한 건 아니지. 아마 자네도 완성한 건 아닐 거야."

"그렇습니다만……."

"내 생각에 사부님은 아마 과거 종남파의 선배와 무공을 절차탁마(切磋琢磨)한 일이 계셨던 것 같네. 그렇지 않고선 종남파의 절학을 이렇게까지 자세히 알지 못하셨을 테니 말야."

"……그런 일은 있을 수 없는 일입니다. 어찌 본파의

사존께서 문파의 절학을 함부로 외부로 유출시킬 수 있
겠습니까?"

"유출한 거라 생각하는 건가?"

"유출한 게 아니라면…… 설마!"

적천경의 의중을 짐작한 진남천이 다시 놀란 표정이
되었다. 떠올리기 싫은 진실과 맞닥뜨리고 말았기 때문
이다.

적천경이 말했다.

"아마 자네 생각이 맞을 거야. 내 사부님은 무학의 극
치를 이루신 분으로 대종사의 반열에 오를 만한 분이야.
종남파 선배와 절차탁마를 하던 중 천하삼십육검의 진수
를 어느 정도 깨달으셨을 거야. 종남파 선배가 사부님께
원하던 걸 얻으셨는지는 모르겠지만 말야."

"……"

"의심하지 말게. 내가 아는 한 사부님은 타문파의 무
공을 훔쳐 배우실 필요가 없는 분이셨으니까. 아니면 자
네는 종남파의 무공을 도둑질한 자에 대한 얘기를 들은
적이 있는 건가?"

"그런 얘기는 들은 적이 없습니다."

"그렇군."

적천경이 다시 고개를 끄덕여 보이고 담담하게 말했

다.

"내가 우연히 자네를 만난 건 인연이라 생각하네. 그래서 한동안 자네한테 천하삼십육검에 대해 내가 알고 있는 바를 전해 줄까 하는데 어찌 생각하나?"

"그 말, 진심이십니까?"

"물론이네."

"하지만 어째서……?"

진남천이 의혹을 품는 건 지극히 당연했다.

힘이 곧 정의인 무림!

정파천하라 할 수 있는 현 무림에서도 그 점은 달라지지 않았다. 무수히 많은 정파의 문파들이 힘과 세력에 의해 서열이 매겨지고 있었다. 당장 지금 진행되고 있는 천하제일영웅대회 역시 그 같은 현상의 연장선상이라 할 수 있었다.

그리고 무림 문파의 힘과 세력을 대표하는 건 어디까지나 고수의 숫자와 비전 절학의 위력이었다. 즉, 자신의 비전 절학을 함부로 남에게 전수한다는 건 있을 수 없는 일이라고 할 수 있었다. 그것이 설혹 본래의 주인에게 돌려주는 것이라 할지라도 말이다.

물론 적천경 역시 그 같은 무림의 생리를 안다.

그래서 진남천의 의심 어린 시선에 크게 마음이 상하

지 않았다.

으쓱!

어깨를 한차례 치켜올린 그가 말했다.

"날 사부라 부르겠다고 했잖나?"

"예?"

"자네가 날 사부라 부르겠다고 했으니, 제자의 부족한 점을 그냥 두고 볼 수 없어졌을 뿐이란 걸세."

"……"

"싫으면 관두던가?"

계속되는 침묵에 적천경이 퉁명스럽게 말하자 진남천이 갑자기 바닥에 머리를 박았다.

그냥 놔두면 구배지례라도 할 기세!

슥!

적천경이 그냥 두고 보지 않았다.

가볍게 손을 떨치자 한가닥 기경이 일어나 머리를 바닥에 연신 박고 있던 진남천의 상반신을 일으켜 세웠다.

반발?

그딴 건 존재할 수 없었다.

천하삼십육검은 종남파 무공의 근본, 그 자체!

그 허실을 명백히 파악하고 있는 적천경에게 있어서 진남천은 그저 한 명의 어린아이에 불과했다. 그는 적천경이 손을 쓰자마자 몸을 일으킬 수밖에 없었다. 구배지례를 완성하지 못한 채 말이다.

"사부님……."

"너는 종남파의 제자다. 그 점을 잊지 말고 천하삼십육검을 익혀야만 할 것이다."

"……예."

진남천이 대답과 함께 조심스레 고개를 숙여 보였다.

적천경이 한 말의 의미!

그 무거움을 가슴 깊숙한 곳에 간직하고, 평생 꺼내보게 될 터였다. 종남파의 제자로서 말이다.

*   *   *

적천경과 진남천이 일품석으로 돌아왔을 때, 이미 천하제일영웅대회의 본선은 한창 진행 중이었다.

본래 대부분 비무대회가 그렇듯 맹주 신문만천 제갈유하가 개회사를 했고, 몇 명의 명숙이 소개되었다. 하나같이 당금 정파 천하의 기둥이라 할 법한 지체를 지닌 대문파의 수장이나 핵심 고수들이 마음껏 위세를 보인 것이다.

그 후 그들은 차례차례 귀빈석을 채웠다.

철저하게 무림 중에 힘과 위세, 배분에 따라 정해진 서열대로 자리에 앉은 후 본선이 진행되었다. 엄격한 예선의 기준을 통과한 젊은 후기지수들이 비무대로 뛰어올라 자신을 소개하고 상대를 이기기 위해 비장의 절초들을 쏟아 냈다.

당연히 점차 비무대 주변은 후끈 달아오르고 있었다.

무수히 많은 사람들이 각자 응원하는 후기지수를 향해 소리 질렀고, 상대편을 향해 야유하길 소홀히 하지 않았다. 그런 것이 비무대회의 재미 중 하나임은 굳이 설명할 필요가 없을 터였다.

하지만 이제 본선 첫날이었다.

일품석에 모여 있는 후기지수들의 면면에서 알 수 있듯 진짜 고수들은 첫날 등장하지 않았다. 부전승이란 명목하에 첫 번째 비무를 건너 뛴 채 힘을 비축하고 있었다. 첫날부터 비무대 위에서 전력을 다해 싸우고 있는 다른 후기지수를 다양한 관점에서 지켜보면서 말이다.

한데 은연중 무료한 기색이 완연하던 일품석의 분위기가 갑자기 돌변했다. 전번 비무의 승리자가 열렬한 환호성 속에 비무대를 내려간 후 호명된 문파명 때문이었다.

— 다음 비무자, 무당파의 일대제자 화선검

신려도장은 비무대로 올라오시오!

"무당파?"

"무당파의 일대제자가 천하제일영웅대회에 참가했다고?"

"아니, 그보다 어째서 무당파의 일대제자가 본선 첫날 비무에 참가하는 거지?"

"그러게?"

"근데 화선검 신려도장? 무당파에 그런 여자 도사가 있었던 건가?"

짧은 순간, 비무대 주변에 모여 있던 무림인들 사이에서 엄청난 설왕설래가 오고갔다.

그럴 수밖에 없다.

정파의 중심 중 하나인 구대문파에서도 무당파의 위치는 대단했다. 근래 욱일승천하고 있는 화산파에 조금 밀리는 형세이긴 하나 여전히 북숭소림, 남존무당의 명성은 공고했다.

게다가 근래 무당파는 다른 쪽으로 명성을 드높이고 있었다. 장강 일대에서 벌어진 재해로 인해 밀려든 난민을 무당산에 수용하고, 구제하는데 앞장서고 있었기 때문이다.

그런 상황에서 무당파의 일대제자가 천하제일영웅대회에 참가했다. 그것도 본선 첫날부터 모습을 드러냈다. 사람들의 관심이 집중된 것도 무리는 아닐 터였다.

그때 심사관의 호명을 기다렸다는 듯 꽃다운 미모의 여도사 신려가 비무대 위로 날아올랐다.

휘리릭!

일 장에 달하는 높이의 비무대 보다 훨씬 높게 뛰어올랐다가 유려한 회전과 함께 떨어져 내린 신려의 신법에 사람들이 환호성을 터뜨렸다.

"제운종이다!"

"무당파의 제운종이야!"

"진짜 무당파 고수를 보게 될 줄이야!"

"이러다 이번 대회 우승자가 달라지는 거 아냐?"

"그럴지도 모르지?"

사람들의 관심과 환호성이 순식간에 신려에게 집중되었다. 그만큼 무당파의 명성은 정천맹 총단이 있는 항주의 무림인들에게도 대단했다. 강남에서 주로 활동하는 무림인들은 아무래도 장강 이북에 위치한 무당파의 무공을 견식하기가 어려웠기 때문이다.

하지만 그것도 잠시 뿐.

곧 새로운 존재가 그들의 관심을 한꺼번에 가져갔다.

— 다음 비무자, 제갈세가의 천룡 제갈무경

소협은 비무대로 올라오시오!

"천룡? 천룡!"

"천룡 제갈무경이라고?"

"어째서 천룡 제갈무경이 천하제일영웅대회에 나오는

거야!"

"이거 그냥 우승자 결정전이잖아! 사실상의 결승전이

이렇게 빨리 벌어져도 되는 거야?"

"사실상의 결승전은 아니지! 이번 대회에는 종남파의

취룡 진남천도 출전했고, 검각의 검봉황도 출전했다고

하던데……."

"그, 그런가?"

"그래, 종남파의 취룡이나 검각의 검봉황도 무림 출도

후 한 번도 패배한 적이 없는 후기지수 중 최강의 고수라

구!"

비무대 주변은 그야말로 아수라장이나 다름없었다.

무당파와 신려의 이름이 호명되었을 때와는 비교가 되

지 않을 정도의 소란이었다. 그만큼 천룡 제갈무경의 존

재감은 강렬했다. 꽤나 오랫동안 그가 당금 무림의 후기

지수의 으뜸인 삼룡사봉의 최정점에 군림해 왔기 때문이
다.

게다가 그는 그동안 몇 차례나 천하제일영웅대회 출전
을 고사해 왔다. 몇 년 전 미신호위대에 참여한 후 주변
의 권유를 항상 일언지하에 거절하곤 했다.

한데 그런 그가 갑자기 나타났다.

본선 첫날에 천하제일영웅대회 사상 처음으로 참가한
무당파의 일대제자를 상대하러 나섰다. 어찌 사람들이
광분하지 않을 수 있겠는가?

신려 때와는 달리 비무대 주변의 소란은 좀체 수그러
들 줄을 몰랐다. 시간이 갈수록 점점 더 심해지고 있었
다. 자칫 흥분이 지나쳐서 사건사고가 동시다발적으로
벌어질 것 같은 분위기였다.

잠시뿐이었다.

휘익!

문득 비무대의 하늘 위로 하얀 백의 무복에 멋들어진
천룡건을 맨 봉황안의 제갈무경이 떠올랐다.

어디에서?

어떤 식으로?

사람들의 뇌리 속에 그런 의문이 떠오른 건 잠시 뿐이
었다.

곧 그들은 입을 있는 대로 벌렸다.

흥분해서 주변 사람들과 열심히 떠들고 있던 입을 벌린 채 하나같이 넋을 잃어버렸다. 환호성을 터뜨리는 것도 잊어버릴 만큼 굉장한 광경을 보고 말았기 때문이다.

'새, 샌가?'

'어, 어디까지 올라가는 거야?'

'저래도 되는 건가? 아니, 그보다 저렇게 새파랗게 젊은 나이에 저런 경공술은 사기잖아!'

'크어억! 굉장하다! 정말 굉장하구나!'

사람들을 넋 놓게 만든 굉장한 광경!

그 정체는 바로 경공술이었다.

천룡이라 불리는 제갈무경이 펼친 제갈세가 비전의 경공술, 천신어풍영이었다. 그는 처음부터 천신어풍영을 극치까지 펼쳐서 비무대를 뛰어넘어 하늘의 태양을 가리는 위치까지 신형을 띄워 올린 것이다.

슉!

그리고 그가 비무대 위로 떨어져 내렸을 때, 주변의 난장판은 깔끔하게 정리되어 있었다. 놀라기에도 지친 사람들이 알아서 일제히 입을 다물어 버렸기 때문이다.

4장

호검관주에 비하면
별거 아닌 애송이일 뿐이다!

　'우 소저를 이런 곳에서 다시 만날 줄이야…….'

　적천경은 비무대를 바라보며 눈을 가볍게 빛냈다.

　갑작스레 비무대에 모습을 드러낸 무당파의 여도사 화선검 신려!

　그녀는 무당파에서 적천경과 인연을 맺은바 있었던 우인혜였다. 강호의 채화음적을 추격해서 제거했다가 사문 무당파의 버림을 받았던 그녀가 다시 무림에 등장한 것이다. 잃어버렸던 자신의 도명과 신분을 되찾고서 말이다.

　당연히 그녀의 신분을 알아본 건 적천경뿐만은 아니었

다.

힐끔.

빼꼼.

주변에 앉아 있던 황조경과 나현이 적천경을 노골적으로 바라봤다. 굉장히 관심이 많은 표정들이다.

특히 황조경의 볼은 살짝 부풀어 올라 있었다.

그녀는 안다.

무당파에서 적천경과 신려 사이에 존재했던 묘한 기류를.

여인의 직감으로 신려의 적천경에 대한 연심을 정확하게 읽어냈다. 그녀가 다시 무당파의 도적을 회복한 후 신경을 끊고 있었는데, 이렇게 빨리 재회할 줄은 몰랐다.

'뭐, 좀 신경 쓰이네⋯⋯.'

황조경은 자신의 불편한 심경을 인정했다. 애써 무시하려 했지만 적천경이 다른 여인과 인연을 맺는 광경을 지켜본다는 건 꽤나 힘든 일이었다.

그러나 황조경에게 있어 이런 상황은 익숙했다. 부친 황대구의 명에 불편한 심경으로 호검관을 찾았을 때부터 적천경은 혼자의 몸이 아니었기 때문이다.

"휴우!"

나직한 한숨과 함께 가슴 속의 열기를 식힌 황조경이

적천경에게 말했다.

"적 관주님, 친구가 왔군요?"

"친구……."

"아닌가요?"

"……맞습니다. 신려도장과 저는 친구지요."

적천경이 미미하게 고개를 끄덕여 보이자 나현이 눈치 없이 끼어들었다.

"남녀지간에 친구가 어딨어!"

"……."

황조경이 침묵 속에 눈을 흘겨보았다. 더 이상 말하지 말라는 무언의 압박이었다.

움찔!

나현이 어깨를 가볍게 움츠러뜨렸다.

실질적인 강남행의 총수!

돈주머니를 쥐고 있는 숨은 실권자!

누가 뭐라 해도 황조경이었다.

제아무리 눈치 없고, 속없고, 대책 없이 사는 삼무주의(三無主義)의 나현이라 해도 그 같은 현실은 잘 이해하고 있었다. 감히 황조경의 심사를 건드릴 엄두도 낼 수 없는 건 당연했다.

그가 그렇게 입을 다물자 진남천이 호기심 어린 표정

으로 말했다.

"무당파에도 저런 신진 고수가 있었군요? 그러고 보니 사부님께서는 얼마 전에 무당파에서 명성을 드높이시지 않으셨습니까?"

"명성을 드높여?"

"무당파의 금마옥이 파옥되었다는 소문은 종남파에도 전달되었습니다. 화산파의 매화검신께서 오랜만에 화산을 내려와 무당파로 향하셨을 정도로 중요한 사건이었으니까요."

"그렇군."

적천경이 대답과 함께 고개만 가볍게 끄덕여 보였다.

무당파! 금마옥!

그로선 떠올리기 싫은 기억을 되살린다. 결국 친구 곽채산의 생사를 확인할 수 없었기 때문이다.

하지만 마음 한구석에 작은 희망은 품고 있었다.

어딘가 살아 있을 거라고.

분명 다시 재회할 날이 올 것이라고.

그의 시체를 확인하지 않은 이상 믿고 있었다. 그런 마음으로 무당산을 내려왔다.

그때 적천경에게 다시 몇 마디 질문을 하려던 진남천의 눈에서 작은 불꽃이 일어났다. 몸 전체를 두른 채 부

드럽게 흐르고 있던 기파 역시 격렬한 기류가 되어 넘실
거린다. 항상 유들유들하니, 속내를 숨기고 있던 모습과
는 거리가 먼 격정의 발현이었다.

'천룡과 구원이라도 있는 것일까?'

적천경이 진남천의 갑작스러운 변화에 눈을 가볍게 빛
냈다. 그가 천룡 제갈무경의 등장과 함께 변모했음을 단
숨에 눈치챘기 때문이다.

눈치가 없달까?

적천경 일행에게 자신들의 자리를 양보하고, 뒤편에
물러 앉아 있던 남궁성과 언지경이 환성을 터뜨렸다.

"천룡님이다!"

"천룡 제갈무경님이 나타나실 줄이야!"

'제갈무경님?'

일품석에 앉아 있던 사람들의 시선이 두 사람에게 향
했다. 하나같이 한심하단 표정들이다.

— 천룡 제갈무경!

당금 정파 후기지수를 대표하는 존재인 삼룡사봉에서
도 우뚝 선 존재가 분명하다. 정천맹주인 신문만천 제갈
유하의 손자이자 천하제일가로도 불리는 제갈세가의 정

통 후계자였다. 어렸을 때부터 타고난 무재가 뛰어나 대종사인 제갈유하가 직접 가르쳤고, 여태까지 어떤 패배도 당한 적이 없었다.

그야말로 기린아!

차대 무림을 이끌 거두가 될 존재!

하지만 지금 이곳, 일품석에는 그와 비슷한 위치의 후기지수들이 집결해 있었다. 또 다른 용 중 한 명인 취룡 진남천이 있었고, 사봉 중 세 명이 모여 있었다. 현재 비무대 주변에 있는 사람들처럼 난리를 피울 만한 상황은 아닐 터였다.

뒤늦게 그 같은 사실을 눈치챈 남궁성이 어색한 표정이 되었다.

쿡!

그리고 여전히 신이 나서 떠들려는 언지경의 옆구리를 살짝 찌른다. 더 이상 일품석에 모여 있는 후기지수들의 눈 밖에 나선 안 된다는 판단을 내린 것이다.

그때 남명주가 방립 사이로 눈을 빛내며 말했다.

"흥미로운 대결이 될 것 같군요. 오랜만에 무림에 나온 무당파의 일대제자와 천룡 제갈 소협의 대결은 말예요. 은공께서는 어찌 생각하시는지요?"

"난형난제(難兄難弟)일 듯합니다."

"난형난제요?"

"예, 두 사람 모두 세상에 보기 드문 무공기재를 지닌 사람들이고, 사문의 무공 역시 천하를 오시할 만합니다. 결국 승부는 아주 작은 차이에서 결정될 겁니다."

"작은 차이라……."

남명주가 말끝을 흐리며 맑은 눈빛을 더욱 빛냈다.

검각을 떠난 후 그녀는 줄곧 천룡 제갈무경에 대해 들어왔다. 은연중 삼룡사봉 가운데 으뜸으로 불리는 그와 검을 나누고 싶었다. 진짜 강한 자가 누군지 확인해볼 작정으로 항주에 왔다. 그가 정천맹 총단에 머물고 있음을 알고 있었기 때문이다.

하지만 그녀는 곧 실망했다.

제갈무경은 미신 당세령의 호위 노릇을 한지 오래였다. 자신의 모든 명성을 포기하고 한 여인의 사랑을 구걸하는 한심한 사내로 전락해 있었다.

그래서 그녀는 제갈무경과의 대결을 포기했다.

그를 마음속에서 지우고, 다시 천하를 주유할 생각이었다. 우연히 천하제일영웅대회에 참가하기 위해 항주에 온 옥봉황 유청려를 만나서 마음이 바뀌기 전까진 말이다.

힐끔.

저도 모르게 유청려의 청아하고 순결해 보이는 옥용을 살짝 훔쳐본 남명주가 내심 생각했다.

'한데, 놀랍게도 천룡 제갈무경이 천하제일영웅대회에 참가했구나! 역시 그와 승부를 보는 건 운명이란 것일 테지?'

적천경이 한 얘기.

크게 신경 쓰이지 않았다.

당대 후기지수 중 여중제일고수는 누가 뭐라 해도 검봉황 남명주였다. 무당파의 명성이 비록 대단하다곤 하나 같은 여인인 신려 따윈 안중에 없었다. 마찬가지로 내심 호적수라 여기고 있던 제갈무경이 그녀에게 지리란 생각도 들지 않았다.

'그리고 만약 천룡 제갈무경을 이긴다면 은공에게 정식으로 도전할 것이다! 과거 검각이 빼앗긴 검의(劍意)를 되찾기 위해서……'

이번에도 오로지 남명주 본인만이 아는 뇌까림이었다.

그 같은 생각과 함께 남명주가 시선을 다시 비무대로 돌렸다. 마침 의례적인 주의사항을 끝낸 심사관이 비무대 밑으로 뛰어내리고 있었다.

— 무당파 일대제자 화선검 신려!

─ 제갈세가 천룡 제갈무경!

그리고 두 사람의 대결이 이제 막 시작하려하고 있었다. 천하제일영웅대회 본선 첫째 날의 대미를 장식이라도 하려는 것처럼 말이다.

*　　　*　　　*

"제갈세가의 자제 무경이 삼가 인사드리겠습니다."

"무량수불! 무당파의 제자 신려가 인사드리겠습니다."

명문 정파끼리의 인사.

의례적일지 모르나 정식 비무에 앞서서 반드시 필요한 절차이다. 특히 신마혈맹과의 대혈전이 끝나고 정파천하가 된 현 시점의 무림에서는 더더욱 그러했다.

슉! 스슉!

각자 상대방을 향해 예의를 갖춰 보인 제갈무경과 신려가 공수와 함께 슬그머니 뒤로 물러섰다.

보법.

조심스러운 발걸음으로 서로간의 간격을 벌리고 잠시 시간을 보내게 된 것이다.

아니다.

그 시간은 생각보다 그리 길지 않았다.

파팟!

순간 제갈무경이 뒤로 물러났던 보법의 방향을 되돌렸다. 신려와의 간격을 벌렸던 게 무색할 만큼 빠르게 그녀를 향해 파고들어갔다.

환상인가?

신려는 눈앞이 흔들리는 걸 느꼈다.

정확하게는 집중하고 있던 제갈무경의 몸 자체가 지진을 만난 것처럼 요동치고 있었다. 순간적으로 멀미가 나고, 구역질이 터져 나올 것 같은 어지럼을 동반한 변화였다.

그러나 그녀는 무당파의 제자였다.

정중동!

그리고 청경(聽勁).

멈춤 중에 움직임이 일어나고, 오로지 눈으로만 사물을 보는 것이 아니다.

환상과 같이 자신의 시야를 흐트러뜨리고, 눈의 감각에 타격을 입힌 제갈무경의 움직임을 신려는 놓아 버렸다. 눈으로 좇는 걸 포기한 것이다.

육체. 감각.

눈으로 보지 않고, 귀로 듣지 않고, 몸 전체의 솜털까지로 감각을 확장시켰다. 그렇게 함으로써 제갈세가의 오행백변보(五行百變步)의 변화에 맞섰다.

당연히 그것만으로 끝일 리 없다.

스파앗!

정중동을 유지하고 있던 신려의 태극진검이 뽑혔다. 가벼운 발검과 함께 커다란 회전을 그려냈다. 도복에 가려진 섬세한 몸매를 따라서 유려한 곡선을 그리며 대기에 서늘한 검기를 뿌려 냈다.

창!

날카로운 소성이 터져 나왔다.

신려의 태극진검이 만든 검초가 두 번째 변화에 들어간 것과 동시에 벌어진 일이었다.

제갈무경이 신형을 공중에 띄운 그대로 신려를 향해 검을 찔러갔다. 중간에 가로막히긴 했으나 그의 공격은 여전히 계속되고 있었다. 이제 시작이라고 봐도 무방했다.

그러나 신려 역시 그건 마찬가지였다.

파파팟!

중간에 가로막혔던 그녀의 검이 그림처럼 다시 작은 회전을 보이며 연속적으로 검영을 만들어 냈다. 몇 개의 검 그림자로 몸 전체를 순식간에 휘어 감았다.

휘리릭!

그 결과는 곧 세인들의 눈앞에 드러났다.

전광석화 같이 신려를 공격해 들어갔던 제갈무경이 거짓말처럼 뒤로 물러섰다. 언제 그녀에게 달려들었냐는 듯 본래 자리했던 곳으로 돌아간 것이다.

"과연 무당파의 무공은 명불허전입니다! 무경은 진심으로 신려도장의 뛰어난 무공 실력에 감복했습니다!"

"천룡 제갈 도우의 무공 역시 소문 이상임을 알겠습니다. 예의는 그만 차리시고 이제 본격적으로 비무에 임하시는 게 어떠신지요?"

"……."

담담한 신려의 대답에 제갈무경의 봉황안이 가볍게 빛났다. 그는 확실히 방금 전에 전력을 다하지 않았다. 여인인 신려에게 적당히 손을 써서 스스로 패배를 인정하고 물러나게 하려는 게 본래의 목적이었다.

그러나 의외로 신려는 강했다.

무당파 무공의 핵심이라 할 수 있는 정중동을 유지한 채 제갈무경의 기습적인 공격을 물리쳤다. 눈이나 감각을 현혹시키는 정도로 승패를 결정할 만한 상대가 아니었다.

'역시 세상은 넓군! 호검관주를 만나기 전까진 검을

쓸 일이 없을 거라고 생각했건만……'

짧은 상념 끝에 제갈무경이 입가에 매력적인 미소를 매달았다.

"알겠습니다. 명하신 대로 지금부터 무경은 전력을 다 하도록 하겠습니다."

"……"

이번에는 신려가 눈을 빛냈다.

느낄 수 있다.

어느새 전력으로 발동시킨 청경을 통해 그대로 전달되 어져 오고 있었다. 점차 거대해지고 있는 제갈무경의 압 도적인 패기가 말이다.

'과연 천룡이라는 건가?'

순간적으로 떠올린 건 감탄이 아니다.

확인이었다.

자신이 지금 상대하고 있는 게 당금 후기지수의 정점 에 군림하는 천룡 제갈무경이란 걸 말이다.

한데 이상하다.

신려는 묘하게 마음이 가라앉는 걸 느꼈다. 몇 개월 전 경험했던 금마옥 마두들과의 혈전 때문일까?

아니다.

지금 그녀의 마음속에 떠오른 건 평생 처음으로 마음

을 허락했던 사내! 자신의 옥처럼 깨끗한 몸을 마음껏 농락했던 사내! 그리고 어쩔 수 없이 포기해야만 했던 사내!

'그래 봤자 호검관주에 비하면 별거 아닌 애송이잖아!'

그 같은 생각을 떠올린 것과 동시였다.

스파앗!

처음, 발검한 후 줄곧 중단세를 유지하고 있던 신려의 태극진검이 가벼운 호선을 그려냈다.

느리지만 강하다!

어떤 강력한 기운보다 강하다!

겉으로 보이는 부드러움 속에 그 무엇 보다 강력한 무당파의 내공력이 담긴 채 물결쳤다. 대해의 파도처럼 끊임없이 파랑을 만들어 냈다.

— **양의진무검!**

무당파 육대검법 중에서도 손꼽히는 강맹한 검법이다. 무당 무공 특유의 부드러움 속에 날카로운 검기가 송곳처럼 숨겨져 있다.

유려한 검기 속에서 삐죽거리며 튀어나온다.

고슴도치처럼 그러했다.

팟! 파파파팟!

신려가 펼친 양의진무검의 검기가 사방으로 퍼져 나갔다. 날카롭게 대기를 휘몰아치다 한쪽으로 몰려들었다.

천룡 제갈무경!

그가 최종적인 목표다.

그를 노리며 사방으로 흩어졌던 검기들이 몰려들었다. 그가 점차 확장시키고 있던 기세를 송곳처럼 찌르며 파고들어갔다. 그리고 실제 그렇게 되는 것 같았다.

아니다.

그건 착각이었다.

스으!

문득 제갈무경이 움직임을 보였다.

첫 한 걸음.

오행백변보다. 방금 전 신려를 기습했던 것과 동일한 움직임이었다.

그러나 이번엔 다르다.

속도.

흡사 지진이 일어난 것 같은 착각을 불러일으켰던 보법의 속도가 달라졌다. 갑자기 수십 배가량 느려졌다. 마치 승부를 포기한 것 같이 오행백변보를 펼쳤다.

하나 그 순간, 신려의 눈동자가 가벼운 흔들림을 보였다.

'사라졌다?'

그렇다.

제갈무경이 다시 오행백변보를 펼친 순간 그는 감쪽같이 신려의 시야 속에서 모습을 감췄다.

그렇다면 청경은?

그 역시 결과는 동일하다.

순간!

제갈무경은 신려의 청경에서조차 자신을 지워 버렸다. 방금 전까지 마음껏 드러냈던 내기의 확장! 그 압도적인 존재감이 마치 거짓말처럼 사라져 버렸다.

그리고 그것으로 승부는 결정되었다.

팟!

일순간 지축을 찍듯이 박찬 제갈무경의 신형이 신려의 양의진무검이 만든 검권(劍圈)을 뚫었다. 순식간에 검기와 검기 사이의 작은 틈 속으로 파고들어왔다.

툭!

제갈무경의 검봉(劍鋒)이 신려의 어깨에 내려앉았다.

"……"

신려의 입술이 가볍게 벌어졌다. 하지만 곧 체념의 기

운이 그녀의 얼굴에 드리워졌다.

"……패배를 인정하겠습니다."

"양보해 주셔서 감사합니다."

제갈무경이 담담한 대답과 함께 신려의 어깨에서 검을 거둬들였다. 겸양의 말과는 달리 신려의 패배 선언을 끝까지 기다리다가 그리했다.

*   *   *

"우아아!"

"과연 천룡이로구나!"

일품석의 바로 앞까지 달려가 비무를 뚫어져라 지켜보던 남궁성과 언지경이 연달아 찬탄을 터뜨렸다.

비슷한 또래의 후기지수!

하지만 화선검 신려와 천룡 제갈무경의 무공은 그들의 상상을 뛰어넘는 수준이었다. 얼마 전 둘이서 힘겹게 상대했던 적천경의 제자 무영귀견수 장호웅과 비교해도 우위를 점할 듯싶었다.

물론 짐작만 할 뿐이었다.

그만큼 신려와 제갈무경의 비무는 수준이 높았고, 너무 빨리 결판이 났다. 두 사람의 부족한 식견으로는 가늠

하는데 한계가 있을 수밖에 없었다.

그래서였을 것이다.

두 사람의 시선이 은연중 적천경을 향했다. 사실 진남천이나 남명주의 의견을 듣고 싶었지만 감히 말을 붙일 엄두를 내지 못했다. 신려와 제갈무경의 비무가 시작된 이래 두 사람이 내뿜는 기세가 심상치 않았기 때문이다.

그러다 남궁성이 마음을 결정한 듯 눈치를 살피며 적천경에게 다가왔다.

"저기…… 뭐 좀 물어봐도 되겠습니까?"

"말해 보게."

"방금 전 끝난 비무 말입니다……."

"어떤 점이 승자와 패자를 갈랐는지 궁금한 건가?"

"……예! 예!"

남궁성이 연달아 대답하곤 얼굴을 가볍게 붉혔다. 너무 목소리가 컸다는 생각이 들었기 때문이다.

하지만 부끄러움은 잠시뿐.

곧 그가 눈을 어느 때보다 반짝이면서 적천경을 바라봤다. 부끄러움보다 궁금증이 더욱 컸다.

그리고 그런 마음을 품은 건 남궁성뿐만은 아니었던 것 같다.

"……."

"……."

어느새 주변의 시선이 적천경에게 집중되었다.

하나같이 자신의 무공에 자부심을 갖고 있는 사람들이나 적천경의 의견은 궁금했다. 누가 뭐래도 현 무림 후기지수 중 최정점에 위치해 있는 제갈무경이 무당파의 신려를 이긴 이유를 그의 입을 통해 듣고 싶었던 것이리라.

그렇게 자신에게 집중된 기묘한 열기를 느끼며 잠시 시간을 끌고 있던 적천경이 입을 열었다.

"승자와 패자를 가른 결정적인 이유는 한 마디로 요약될 수 있네."

"……."

"무공의 숙련도!"

"수, 숙련도?"

"그래. 그리고 거기에 굳이 한 가지를 더한다면 자신이 펼치는 절기의 이해일 것이네."

"숙련도…… 이해…….."

남궁성이 적천경이 한 말을 중얼거리다 김빠진 표정이 되었다.

뻔한 소리!

지나칠 정도로 정석적인 말이다.

무공에 있어 숙련도와 절기 자체의 이해는 필수 불가

결한 것이었다. 자신이 펼치는 무공 초식을 한 치의 오
차 없이 펼쳐야만 하고, 그 절기의 초식이 무얼 목적으로
하는지를 어떤 이해해야 함은 너무나 당연한 일이었으니
말이다.

은근슬쩍 적천경의 말에 신경 쓰고 있던 진남천의 의
견은 조금 달랐다.

"사부…… 아니, 적 관주님은 무당파와 제갈세가의 무
공간에 우열은 존재하지 않는다고 생각하신 것입니까?"

"우열은 존재한다."

"하면?"

"하지만 무당파와 제갈세가는 모두 무림에서 오랫동안
군림해 왔던 명문. 두 곳의 무공상에 우열은 그리 크다고
할 수 없을 거야."

"무공을 익힌 개개인의 자질을 뛰어넘을 정도는 아니
라고 생각하시는 거로군요?"

"그렇다고 해야겠지. 다만……."

잠시 말끝을 흐린 적천경이 우레와 같은 환호성 속에
홀로 서 있는 제갈무경을 일별하고 설명을 이었다.

"……그 차이는 사실 그리 크지 않았다."

"적 관주님의 말씀은 이렇게까지 빠르게 승부가 갈릴
정도의 차이가 두 사람에겐 존재하지 않았다는 뜻입니

까?"

"그렇다."

적천경이 대답과 함께 여전히 승자로써 비무대를 지키고 있는 제갈무경을 바라봤다.

깊은 눈빛.

뭔가 생각에 빠진 듯한 적천경의 모습에 진남천이 남궁성 등을 데리고 물러났다. 적천경이 한 말을 스스로 곱씹고 보기 위함이었다.

그러자 나현이 심드렁한 표정으로 중얼거렸다.

"별것도 아닌 걸 가지고 고민하는구만."

"……."

적천경의 시선이 자신에게 향하자 나현이 어깨를 가볍게 추어보였다.

"뻔하잖아! 이번에 무당파는 정천맹의 도움을 크게 받아서 창위의 위협으로부터 벗어날 수 있었고, 저 천룡 뭐시기라는 녀석은 정천맹주의 손자라며?"

"나 대형께서는 이번 비무에 조작이 있었다고 생각하시는 겁니까?"

"조작까지야 있었겠어?"

"하면?"

"어차피 저 천룡 뭐시기라는 녀석은 무당파의 도사 계

집애를 이겼을 거야. 방금 전의 경공이나 이만치 떨어진
거리까지 전달되어온 기파로 보면 그래. 하지만 적 아우
의 예상대로 두 사람의 무공 격차는 근소한 정도일 뿐이
야. 아마 제대로 대결을 벌였다면 족히 백초가량은 전력
으로 겨뤘어야 승부가 났을 테지. 하지만 이번 비무는 결
승전이 아니잖아? 계속 비무대회에서 이겨나가야 할 사
람이라면 처음부터 너무 빡세게 싸우고 싶진 않았을 거
야. 적어도 우승을 노리는 자라면 말야."

"……."

나현이 다시 어깨를 추어보이며 '세상살이란 게 다 그
렇고 그런 게 아니냐'는 표정을 지어 보이자 적천경이 미
묘하게 웃어 보였다. 얼마 전까지 황실과 밀접한 관부에
속해 있던 그의 넉살에 절로 쓴웃음이 흘러나왔다.

그러거나 말거나 나현이 입가에 냉소를 입가에 매단
채 말을 이었다.

"그런 표정 지어 보일 건 없어. 어차피 비무대회란 건
제일 센 놈이 우승자가 되면 그만이잖아? 여기 일품석
이란 걸 만들어서 그럭저럭 쓸 만한 녀석들끼리 처음부
터 부딪치지 않게 한 것도 다 그런 이유인 거고 말야. 하
지만 괴상한 일이긴 하구만. 정천맹주의 손자쯤 되는 녀
석과 무당파의 일대제자가 첫날부터 대결을 벌이는 일이

벌어졌으니 말야."

'그 점이 궁금했던 겁니다!'

적천경이 내심 중얼거리고, 시선을 다시 비무대 쪽으로 던졌다. 첫날부터 패자가 되어 천하제일영웅대회에서 탈락한 신려가 걱정되었기 때문이다.

그러자 두 사람의 대화를 흥미로운 표정으로 지켜보던 황조경이 자리를 털고 일어섰다.

적천경의 내심쯤은 금세 파악했다.

그의 걱정을 덜어줄 필요성을 느꼈다. 죽은 소연정을 제외한 다른 여인이 그의 마음속에 계속 자리 잡고 있지 못하게 하고 싶었음이다.

'흥! 적 관주도 변했어! 호검관을 떠나 무림에 나와선 웬 오지랖이 이리 넓어졌는지…….'

내심 냉소한 황조경이 비무대 쪽으로 신형을 날렸다. 신려를 찾기 위함이었다.

*   *   *

그 후 몇 차례 비무가 다시 진행되었고, 그만큼의 승자가 배출되었다.

하지만 김이 샜달까?

무당파의 일대제자 화선검 신려와 당대 최고의 후기지수 천룡 제갈무경의 수준 높은 대결 이후 군중들은 시들해졌다.

평생 거의 본 적이 없던 수준 높은 비무!

고대의 영웅처럼 승자가 된 천룡 제갈무경의 놀라운 신위!

그 모든 것에 광란에 가까운 함성을 있는 대로 토해 낸 후 다른 것들이 눈에 들어오지 않았다. 나름대로 빼어난 무공을 자랑하며 예선을 통과한 비무자들이 전력으로 부딪쳤으나 군중들은 흥이 나지 않았다. 첫날부터 눈이 너무 높아져 버린 탓이라 할 수 있을 터였다.

당연히 가장 가까운 자리에서 비무를 지켜보던 특별석의 무림 명숙들 역시 지루한 기색이 얼굴에 완연했다. 정천맹주 제갈유하에게 손자 제갈무경을 칭찬한 후 다들 늘어진 표정이 되었다. 어찌 됐든 특별석에 초대된 이상 천하제일영웅대회의 첫날 비무가 모두 끝나기 전까진 엉덩이를 의자에 붙이고 앉아 있어야만 했다.

그런 특별석의 늘어진 자들 중 하나.

강남에서 가장 큰 표국 중 하나인 중원대표국(中原大鏢局)의 대표두 철검무정(鐵劍無情) 유의태의 눈에 이채가 어렸다. 주변의 다른 무학 명가들과 달리 눈앞에서 벌

어지는 비무에 억지로나마 관심을 기울이던 중 은밀한
목소리가 들려왔기 때문이다.

『그동안 재밌게 지냈나, 충마(蟲魔)!』

움찔!

유의태가 자기 자신만 느낄 정도로 몸을 떨었다. 뺨에
칼자국 하나가 나 있는 근엄한 얼굴에는 별다른 감정의
기복이 드러나지 않는다.

하나 속내는 완전히 다르다.

'어떤 놈이냐! 아니, 그보다 어디에서 날아온 전음인
것이냐!'

충마!

정파천하인 현 무림을 지배하고 있는 정천맹의 특별석
에 결코 어울리지 않는 무림명이다. 칠 년여 전 정천맹과
피투성이 싸움을 벌이다 의문의 멸망을 당한 신마혈맹의
마두 중 동일한 자가 있었으니 말이다.

그러니 전음이 전달한 내용이 맞다면 중원대표국 대표
두 철검무정 유의태는 거짓된 신분임에 분명했다. 신마
혈맹이 멸망한 후 살아남기 위해 정파인으로 위장한 충
마가 만들어 낸 가상의 인물이란 뜻이다.

그때 다시 예의 목소리가 날아들었다.

『그렇게 고민할 것 없어. 나는 충마 네놈에게서 꽤나 멀리 떨어진 곳에 있으니까. 하지만 주변의 번잡함이 사라지면 반드시 충마, 네놈을 찾아가도록 하지. 기대해도 좋아. 반역도의 말로를 제대로 보여줄 테니까 말야.』

'역시 평범한 전음 따위가 아니었구나! 그렇다면 설마 천리전성(千里傳聲)이나 육합회성(六合回聲)같은 것인가?'

천리전성은 말 그대로 멀리서 내력으로 소리를 전달하는 것이고, 육합회성은 여러 곳에서 목소리가 울려 퍼져서 시전자의 위치를 파악하지 못하게 하는 수법이다. 둘모두 일반적인 전음과는 비교가 되지 않을 정도로 뛰어난 내공을 지녀야만 펼칠 수 있는 상승 절학이었다. 이곳, 특별석에 모인 정파의 명숙과 절정 고수들 중에서도그만한 내공을 지닌 자는 몇 명 찾기 어려울 터였다.

한데 유의태는 내심 고개를 저어 보였다.

천리전성?

육합회성?

둘 모두 아니었다.

귀가 아니라 뇌리 속으로 그냥 파고드는 듯한 목소리는 오로지 유의태 본인만이 감지할 수 있었다. 천리전성이나 육합회성의 특징을 지닌 전음입밀이란 뜻이다.

그럼 이런 종류의 무공은 무엇이 있을까?

유의태는 소림사의 고승들이나 사용할 수 있다는 전설의 혜광심어(慧光心語)를 떠올렸다가 다시 고개를 흔들었다. 그런 건 이야기책 속에서나 등장할 뿐 현실상에서 비슷한 무공조차 접한 적이 없었다. 하물며 자신의 숨기고픈 과거를 알고 있는 자가 불가의 태두인 소림사와 관계있을 거란 생각은 전혀 들지 않았다.

그렇게 자신만의 상념에 빠져 있던 유의태의 눈 깊은 곳에서 갑자기 묘한 안광이 흘러나왔다.

그가 앉아 있던 특별석의 저편.

순간적으로 잔뜩 모여 있는 사람들을 헤치며 멀어져가는 한 명의 적의 미녀가 있었다.

황금귀상련 부련주 적봉황 황조경!

그녀는 지금 얼마 전 천룡 제갈무경에게 패하고 비무대를 내려온 무당파 일대제자 신려에게 다가가고 있었다.

'황금귀상련의 적봉황? 그녀가 언제 항주에 온 것이지? 그보다 무당파의 제자에게 다가가고 있는 것 같은

데…….'

표국의 특성상 유의태의 중원대표국은 천하 삼대 상단 모두와 밀접한 관계를 유지하고 있었다. 주로 정천맹과 관계가 깊은 화악상단과 거래를 했으나 황금귀상련이나 북경거상회의 일도 맡아서 하곤 했다.

당연히 황금귀상련의 부련주 황조경과도 유의태는 안면이 있었다. 그녀가 현재 화악상단이 주도하고 있는 천하제일영웅대회와 관련되어선 안 된다는 사실을 충분하게 이해할 정도로 말이다.

하물며 상황이 묘했다.

느닷없이 과거의 잊고 싶은 기억을 되살리는 목소리를 듣자마자 그녀는 등장했다. 어쩌면 그 목소리와 관계가 있을지도 모르는 무당파의 일대제자와 함께.

'그러고 보니 근래 무당파에서 금마옥이 파옥되어 신마혈맹의 마두들이 상당수 도망쳤다는 소문이 있었다. 이 목소리의 당사자가 그들 중 한 명이든 아니든 필시 무당파 제자와 관련되어 있을 것이다. 그리고 어쩌면 황금귀상련도 밀접한 관련이 있을 가능성이 있다. 그렇지 않고선 이렇게 공교로운 일이 벌어질 수 없을 테니까.'

찰라적인 판단이었다. 자신의 머릿속을 일거에 엉망진창으로 만든 미지의 목소리를 해결하기 위한.

슥!

자리에서 일어선 유의태가 특별석을 벗어났다. 주변의 눈빛이 따가웠으나 어색한 미소와 엉거주춤한 동작으로 적당히 뭉개버렸다.

"허허, 아침부터 속이 좋지 않더라니⋯⋯."

거기에 더해 한마디, 쐐기를 박는 말을 남기는 것도 잊지 않았음은 물론이었다.

"저런! 저런!"

"쯔쯧, 중년이 지나면 먹는 걸 조심해야 하거늘!"

"허허, 부디 몸 성히 돌아오길 바라겠소이다!"

특별석을 벗어나는 유의태의 뒤로 묘한 웃음과 빈정거림이 절반 정도씩 섞인 말들이 터져 나왔다. 대부분 중원 대표국과 그리 사이가 좋지 않은 세력과 관련된 자들이었다.

그러나 유의태는 단 한마디도 그들과 섞으려하지 않았다.

— 굶주린 승냥이들에겐 절대 먹이를 줘선 안 된다!

유의태가 수년 동안 표행을 하며 체득한 삶의 진한 가르침이었다. 적어도 그가 거느린 표사들에겐 항상 그렇게 훈시하곤 했다. 남 못되기를 바라는 자들은 도처에 존재했고, 항상 자신들이 물어뜯을 걸 찾아 떠돌아다니곤 했기 때문이다.

5장

치료비를 구해오는 게 우선!

　일품석을 벗어난 황조경은 한참 동안 군중들 사이를 헤매고 다니다 가까스로 신려를 만나게 되었다.

　"우 소저!"

　"도우는……."

　"황조경이에요."

　황조경이 남자처럼 호탕한 목소리로 말하고 신려에게 잰걸음으로 다가들었다.

　덥석!

　갑자기 자신의 두 손을 부여잡는 황조경의 모습에 신려가 당황스러운 표정을 지어 보였다.

무당산에서 만났던 그녀.

우신혜로서 존재하고 있던 시절에 질투했던 그녀.

황조경은 여전했다.

처음 만났을 때와 같이 재회해서도 하나도 변하지 않았다. 눈부시게 아름다운 외모에 더할 나위 없이 잘 어울리는 시원스러운 미소가 입가에 머물러 있었다. 마치 오랫동안 헤어졌던 친구를 만난 것처럼 말이다.

"……예, 알고 있습니다. 여전하시니까요."

"예?"

"여전히 아름답다고요."

신려의 칭찬에 황조경이 어색하게 웃음 지으며 뒤통수를 긁적거렸다. 적천경 일행과 함께하는 동안 이런 식의 칭찬은 들어본 적이 없었기 때문이다.

하지만 주변의 반응은 후끈 달아오르고 있었다.

"우와! 굉장한 미인들이잖아!"

"어디? 어디?"

"저기 무당파의 미인 여도사와 붉은 옷을 입은 여협말야! 우리가 천하제일영웅대회 따윌 보고 있을 때가 아니라구!"

"정말 미인들이로구나! 진짜 미인들이야!"

두 여인 주변에 모여 있던 사내들이 수군거리더니, 눈

을 번뜩거리기 시작했다. 아직 끝나지 않은 천하제일영웅대회 본선 따윈 이미 그들에겐 의미를 잃어버린 듯하다.

'에휴! 이놈의 인기란!'

황조경이 내심 한숨을 내쉬고, 재빨리 신려의 손을 다시 잡았다.

"우리 딴 곳으로 가죠?"

"그러죠."

신려 역시 무당산을 내려온 후 종종 겪곤 했던 일이다. 재빨리 황조경의 말에 동의한 그녀가 신형을 날렸다. 황조경의 무공 수준을 알기에 경공술을 펼침에 있어 전력을 다했다.

휘익! 휘익!

"으앗!"

"으아아!"

쏜살같이 군중 사이를 빠져나가는 두 여인의 뒤에서 비명에 가까운 울부짖음이 터져 나왔다. 그녀들에게 다가들다 놓친 남자들의 안타까움이 소리가 되어 튀어나온 것이다.

몇 개나 담장을 뛰어넘었을까?

두 여인은 굳게 손을 잡은 채 비무장이 위치한 정천맹 총단의 연무장을 순식간에 벗어났다. 그동안 담장도 여러 개 뛰어넘었는데, 다행히 가로막는 자를 만나진 않았다. 천하제일영웅대회 본선 첫째 날이라 비무대 주변 통제에 총단 내 무사들 대부분이 차출된 때문이었다.

한데 두 여인이 걸음을 멈췄을 때였다.

슥!

마치 그녀들이 나타나길 기다렸다는 듯 한 명의 장년 무인이 앞을 가로막아 섰다. 얼마 전 특별석을 떠난 철검무정 유의태였다.

"두 분, 여협은 어딜 그리 급히 가시는 것이오?"

"당신은……."

"중원대표국의 유 모가 황금귀상련의 적봉황 황 소저에게 인사 올리겠소이다!"

"……대강남북을 오고가는 표국 중 세 손가락 안에 드는 중원대표국 제일의 고수인 철검무정 유 대표두님이로군요!"

"어이쿠! 황 소저께서 유 모의 얼굴에 지나친 금칠을 해 주십니다. 그려!"

유의태가 짐짓 농이 섞인 말을 내뱉으며 웃어 보이자 황조경이 내심 눈살을 가볍게 찌푸려 보였다.

'철검무정 유의태가 이렇게 경망된 사람이었었나?'

기억력이 남달리 좋은 황조경이었다.

특히 사람의 특징을 기억하는데 능했다. 자신이 만났던 자들 중 중요한 위치에 있거나 빼어난 점이 있는 사람의 특징은 결코 잊어버리지 않았다.

눈앞의 철검무정 유의태!

그 역시 황조경에겐 기억해야만 하는 대상 중 하나였다.

무림명에 무정이 붙을 만큼 냉막한 그가 자신에게 갑자기 살가운 척을 하니 내심 이상하단 생각이 들었다.

'하물며 이곳은 항주! 황금귀상련이 거의 힘을 쓰지 못하는 곳이니 더욱 수상하다!'

내심 눈에 이채를 담은 황조경이 활짝 웃어 보였다.

"호호, 한데 유 대표두님께서는 어쩐 일로 절 찾아오신 건가요?"

"사실 유 모가 관심있는 건 황 소저가 아니올시다."

"그럼……."

황조경이 신려 쪽에 시선을 던지자 유의태가 그녀에게 정중하게 포권을 하고 말했다.

"정식으로 인사드리겠소이다. 본인은 중원대표국의 철검무정 유의태라 하오!"

"무당파의 신려라 합니다."

"결례가 되지 않는다면 신려도장에게 한 가지 묻고 싶은 게 있소이다."

"말씀하시지요."

"혹시 이곳 항주에 무당파의 다른 진인께서 오시지 않았소이까?"

"예, 빈도는 혼자 무당산을 내려왔습니다."

"그 말, 사실일 테지요?"

"……."

신려가 맑은 눈빛으로 유의태를 바라봤다. 자신의 말을 의심하는 듯한 그에게 경고를 주기 위함이었다.

'무당파와는 무관한 일이었단 말인가…….'

유의태가 내심 눈살을 찌푸려 보였다.

특별석에 앉아 있던 그의 뇌리 속에서 울려 퍼진 목소리!

천하의 누구도 모른다고 장담했던 과거를 들춰낸 자의 정체를 그는 무당파와 연관이 있을 거라 확신하고 있었다.

그럴 수밖에 없다.

누구라도 그리 의심할 터였다.

하지만 자신을 올려다보고 있는 신려의 맑은 눈동자.

거짓을 말한 자의 것이 아니었다.

오히려 그녀는 엷은 분노를 보이고 있었다. 자신의 말을 의심당한 것이 불쾌한 게다.

오랜 표사 생활로 사람을 볼 줄 안다고 자부하는 유의태였다. 신려의 이 같은 모습을 보자 마음이 혼란스러워졌다. 자신의 생각이 완전히 틀렸다는 생각이 들었다.

물론 그렇다고 해서 이대로 무당파와 목소리의 관계를 부정하고 싶진 않았다. 아직 석연치 않은 점이 있었다. 일단 확실히 해놓는 편이 나을 터였다.

그 같은 생각과 함께 유의태가 다시 포권을 했다.

"이거 결례를 범했소이다."

"……."

"유 모가 평생 가장 존경했던 게 무당파의 진인이라 신려도장께 죄를 범했소이다. 용서해 주십시오."

"그러지요."

신려가 담담한 대답과 함께 유의태에게 살짝 고개를 숙여보였다. 이만 헤어지자는 의미다.

'그렇게 할 수는 없지!'

유의태가 내심 소리를 지르고 황조경에게 말했다.

"황 소저, 유 모가 오늘 무당파에 큰 결례를 범했으니, 어찌해야 되겠소이까?"

'그걸 왜 나한테 물어?'

황조경이 내심 뚱한 표정을 지어 보이고, 빙긋 웃어 보였다.

"결례를 범했다고 생각하는 만큼 한 턱 쏘시면 되죠?"

"그런 걸로 되겠소이까?"

"물론이에요. 하지만 유 대표두가 쏘는 턱에는 저도 포함된다는 걸 아셔야만 해요."

"어째서 내가 황 소저에게도 한 턱을 내야 하는 것이오?"

"그야……."

잠시 말끝을 흐린 황조경이 신려의 어깨를 가느다란 팔로 감싸며 다시 웃어 보였다.

"……여기 신려도장과 나는 자매와 같은 사이니까요!"

'자매?'

신려가 잠시 당황한 표정이 되었다가 얼른 고개를 숙여 보였다. 자신의 어깨를 단단히 감싸고 있는 황조경의 팔에 힘이 들어가고 있었다. 여기서 그녀의 말을 부인했다간 목이 졸릴 것을 걱정할 만큼 말이다.

유의태가 잠시 두 미녀를 바라보다 천천히 고개를 끄덕여 보였다.

"숙소를 말씀해 주시면 오늘 저녁 유 모가 찾아가도록

하겠소이다."

"그럴 필요 있을까요?"

"하면?"

"제가 내일 신려도장과 함께 특별석으로 유 대표두님을 찾아가도록 하겠어요."

"그건……."

"유 대표두님을 곤란하게 할 정도로 제가 바보는 아니니까 걱정 마세요."

'……여우!'

유의태가 황조경에게 내심 인상을 써 보이고 어쩔 수 없다는 듯 다시 고개를 끄덕여 보였다. 신려와 황조경, 모두 아직 그에겐 의문부호였다. 목소리와의 관계가 완전히 없다는 결론이 내려질 때까진 예의 주시해야 할 터였다.

*   *   *

천하제일영웅대회의 첫날 일정이 끝났다. 비무대 주변에 모여 있던 군중이 대부분 빠져나간 정천맹 총단에는 어느덧 낙조가 드리워지고 있었다.

정천맹 총단을 달궜던 후끈한 군중의 열기!

항주를 병풍처럼 두르고 있는 천목산 너머로 흘러내리는 태양의 그림자 속에 서서히 잦아들고 있었다. 곧 어둠의 장막과 함께 시원한 바람이 서호를 중심으로 불어오리라.

일행과 함께 일품석을 벗어나려던 적천경의 눈에 이채가 어렸다. 어느샌가 자취를 감췄던 황조경이 신려와 함께 모습을 드러냈기 때문이다.

"우 소저……."

"신려입니다!"

신려의 담담한 호칭 정정에 적천경이 정중하게 공수했다.

"……신려도장."

"예, 적 관주님."

"…….."

"화산파의 매화검신 선배님께서 적 관주님께 화가 좀 나신 것 같았는데, 별일 없으셨는지요?"

"왜 그분이 나한테 화가 나셨다는 것입니까?"

"약속을 어겼다고 하시던데요?"

"약속?"

적천경이 눈살을 찌푸려 보이다 아차하는 표정이 되었다. 매화검신 유원종과 무당파에서 다시 만나기로 했던 약속을 뒤늦게 떠올렸기 때문이다.

하지만 이미 후회해 봐야 늦었다.

호검관이 혈겁에 휩싸였다는 소식에 마음이 급했던 터라 매화검신 유원종과의 약속 따윈 까맣게 잊어버렸다. 이제와서 변명을 해 봐야 의미 없는 일일 터였다.

으쓱!

어깨를 한차례 추어보인 적천경이 뻔뻔스럽게 말했다.

"그런 일이 있었군요."

"예?"

"뭐, 그건 그렇고 신려도장, 거처를 어디로 정하셨습니까?"

"정천맹 총단 부근에 있는……."

"일단 이곳을 떠나도록 합시다. 곧 귀찮은 날파리가 날아들 것 같으니 말이오."

"……예?"

갑자기 처음, 무당산에서 만났을 때처럼 의뭉스러운 표정이 된 적천경의 재촉에 신려가 당황해 버렸다. 그를 만난 지 얼마 되지도 않았는데, 명경지수(明鏡止水)로 돌아갔던 마음이 잔뜩 헝클어진다. 마치 아직 적천경을 포기하지 못했던 때와 같이 그렇게 되었다.

그때 멀찍이 떨어져 떨떠름한 표정을 짓고 있던 나현

이 히죽 웃어 보였다. 얼굴에 아주 웃음꽃이 활짝 피었다.

"날파리 왔다!"

'날파리?'

신려가 의혹 어린 표정으로 나현의 눈빛이 향한 방면을 바라보다 눈매를 살짝 찡그려 보였다. 자신이 있는 쪽으로 천천히 걸어오고 있는 천룡 제갈무경을 발견했기 때문이다.

마찬가지랄까?

제갈무경 역시 준수한 안색을 가볍게 굳히고 있었다.

뭔가 불만에 찬 표정이 얼굴에 역력하다.

그의 입에서 흘러나온 말 역시 그리 곱진 않았다.

"신려도장! 당당한 무당파의 일대제자로써 부끄럽지 않으시오!"

"……."

"만약 조금이라도 부끄러움을 아는 무인이라면 당장 이곳에서 검을 뽑으시오!"

"……."

잇단 제갈무경의 채근에도 신려는 입을 굳게 다문 채 일체의 대답을 하지 않았다.

울컥!

화가 난 건 황조경이었다.

그녀가 이마 위로 실핏줄을 두 개나 드러낸 채 제갈무
경에게 뭐라고 하려할 때였다.

슥!

손을 뻗어 황조경이 나서는 걸 제지한 적천경이 제갈
무경에게 말했다.

"신려도장은 내 친구네."

"적 관주가 대신 검을 뽑으시겠다는 뜻이시오?"

"그걸 원하나?"

"……"

제갈무경이 적천경을 잠시 응시하다 신려를 싸늘하게
노려보고 신형을 돌려세웠다.

안중에도 두지 않았던 천하제일영웅대회!

그곳에 체면불고하고 출전한 이유는 다름 아닌 적천경
과 다시 싸우기 위함이었다. 결코 뒤로 물러설 수 없는
상황에서 전력을 다해 그와 검을 나누고 싶었다.

당연히 지금, 이 시점은 아니었다.

그와 승부를 겨룰 공간은 오늘처럼 수많은 군중들이
보고 있는 비무대 위에서라야만 했다. 그렇게 명명백백
한 상황에서 철저히 패배시킬 작정이었다. 다시는 미신
당세령의 주변에 얼쩡거릴 수 없게 말이다.

'잠시만 참겠다! 잠시만!'

내심 이를 악문 채 적천경 일행을 떠나 정천맹 총단을 가로지르던 제갈무경의 봉황안에 이채가 어렸다. 한때 호적수라 여겼던 취룡 진남천을 발견했기 때문이다.

"여어!"

"여전히 술 냄새를 풍기고 있군."

"분 냄새 홍건한 네 녀석보다는 나을 성싶은데?"

"시비를 거는 것인가?"

"그렇다면?"

진남천의 도발에 제갈무경의 봉황안이 살짝 축소되었다. 특유의 안공을 이용해 진남천의 몸에 깃들어 있는 기세를 파악하려는 의도였다.

'그다지 달라진 건 없군.'

아쉬움인가, 안도인가.

자신도 알지 못할 복잡한 심사를 느낀 제갈무경이 고개를 저어보였다.

"시비는 실력을 쌓은 후 하는 게 좋아."

"여전하군."

"그대 역시."

짧은 한마디를 남긴 채 제갈무경이 발끝으로 지축을

박차고 신형을 하늘로 띄워 올렸다. 예의 천신어풍영을 펼쳐서 정천맹 총단을 빠져나간 것이다.

"여전히 멋진 신법이로군! 지나칠 정도로 멋진 신법이야!"

진남천이 나직하게 탄성을 발하며 허리춤에 매달고 있던 호로병을 집어 들었다.

찰랑!

절반쯤 차 있는 호로병 안에서 달콤한 주향이 흘러나온다. 아주 입맛을 동하게 한다.

그런데 이게 어찌 된 일인가.

주르륵!

바닥으로 호로병 안의 술이 남김없이 쏟아져 내렸다. 취룡이라 불릴 만큼 애주가인 진남천이 자신의 술을 땅에 버리는 말도 안 되는 짓을 벌인 것이다.

퍽!

호로병 역시 마찬가지다.

수년의 세월을 함께 해 왔던 정든 술병을 내동댕이쳐 산산조각 냈다. 마치 정을 완전히 떼어버리려는 것처럼 그렇게 했다.

실제로 그랬던 것일까?

"미안."

애잔한 목소리로 호로병에게 작별을 고한 진남천이 제갈무경이 날아간 하늘을 힐끔 보고 신형을 돌렸다.

— 취룡, 뜻을 정했다!

이제 더 이상 술에 취한 용이 되지 않기로.

지금 이 순간부터 그렇게 하기로 마음먹었다.

"그래도 가끔은……."

아쉬움이 담긴 여운을 살짝 남기고서.

*　　　*　　　*

산중루.

어둠의 장막이 항주 전역을 물들일 즈음 정천맹 총단을 벗어난 적천경은 일행과 함께 돌아오다 걸음을 멈췄다.

자연히 다른 일행 역시 보조를 맞췄다.

은연중 그가 일행을 이끄는 사람이 되어 있다는 의미.

'호웅이의 기운이 느껴지지 않는다…….'

천하제일영웅대회에 출전하며 적천경이 가장 신경 쓴 건 처제 소하연의 안위였다. 그녀의 난치병을 치료하기 위해 억지로 항주까지 함께한 만큼 병세의 악화와 안위에 만전을 기하고 있었다.

그래서 대제자 진호군을 대신해 무공과 경험, 단호한 결단력을 겸비한 장호웅을 소하연에게 맡겼다. 그를 호위무사로 그녀에게 붙여놓은 것이다.

당연히 장호웅의 기운은 항상 적천경에겐 요주의 대상이었다.

그의 독특한 기운을 아예 각인시켜놨다. 어떤 상황이든 이십여 장 안쪽에서는 파악할 수 있게 말이다.

'……그런데 십 장 안쪽에 도달했을 때까지 기척조차 느껴지지 않다니!'

내심 눈살을 찌푸린 적천경의 걸음이 빨라졌다.

소하연!

그녀가 걱정되었다. 장호웅의 기운이 사라졌다는 건 그녀의 신변에 이상이 생겼다는 의미와 다름없었기 때문에.

"응?"

"왜?"

적천경을 뒤따르던 나현, 황조경, 신려의 표정이 변했다. 산중루를 앞에 두고 갑자기 걸음을 멈췄던 적천경이 걸음을 빨리 하며 기세를 끌어올리기 시작했음을 직감한 것이다.

차륵!

백전노장이라 할 수 있는 나현이 가장 먼저 기룡신창을 치켜들었다.

창!

차창!

황조경과 신려 역시 뒤늦게 사태의 심각성을 깨닫고 각자 검을 빼 들었다.

그러나 그 순간 적천경이 서늘하게 외쳤다.

"모두 뒤로 물러서시오!"

"……."

나현과 황조경, 신려의 안색이 변했다. 적천경의 일갈과 함께 주변의 대기가 일그러지는 듯한 환상과 직면했기 때문이다.

'어이쿠!'

'이건 진세?'

'어째서 이런 곳에 본파의 대천강진세와 비슷한 기운을 풍기는 진법이 펼쳐져 있는 것일까?'

일찍이 무당산에서 몇 차례나 기문진법에 당한 적이 있었던 나현, 황조경, 신려가 심각한 표정으로 서로를 돌아봤다. 차신이 겪은 일을 다른 사람도 경험했는지 확인하기 위함이었다.

결과는 의견일치!

세 사람은 거의 동시에 눈빛 교환을 하고 한데 모여들었다. 기문진법을 만난 이상 함께 뭉쳐서 문제 해결에 나설 작정을 한 것이다.

그럼 적천경은?

그는 어느새 세 사람을 뒤로 한 채 산중루를 향해 달려들고 있었다.

조금 빨라진 것 같던 걸음!

아니다.

이미 그런 정도를 훨씬 뛰어넘었다.

시위를 떠난 활 같달까?

순간적으로 허리를 뒤로 가볍게 튕긴 적천경의 신형이 산중루의 담을 뛰어넘었다.

— 일보탄영(一步彈影)!

가속에 있어선 최고라 할 수 있는 경공을 펼쳤다.

진세가 만들어 낸 환상?

그딴 변화에 마음이 흔들릴 여유를 주지 않았다. 진세의 변화가 마음속에서 확정되기 전에 일보탄영의 속도로 제거해 버렸다.

일체유심조(一切唯心造)다.

모든 것은 마음에 달린 것이었다.

그렇게 눈을 어지럽히는 것이 나타나기 전에 적천경은 진세의 중심부라 할 수 있는 산중루 안에 뛰어들었다.

머리로 생각해서가 아니었다.

본능이 시켰다.

그렇게 하라는 심부 깊숙한 곳에서 튀어나온 목소리에 순응했다.

스스슥!

한데, 소하연이 있는 산중루의 내원을 향해 빠르게 내달리던 적천경의 얼굴에 의아한 기색이 떠올랐다.

또 다른 환상이 나타나서가 아니다.

오히려 산중루에 뛰어든 이후 기문진법의 기운은 거짓말처럼 종적을 감췄다. 마치 어떠한 일도 벌어지지 않은 곳처럼 평화로웠다.

그게 문제였다.

근래의 산중루는 결코 지금처럼 한가한 곳일 수 없었다. 천하제일영웅대회가 개최된 이래 항주 전역이 무림인과 구경꾼들로 바글거리고 있었기 때문이다.

그래서 산중루 역시 항상 식사시간에는 만석이었다.

내원이라 해서 이렇게 한가할 수 없는 상황이라는 뜻이다.

　'게다가 더욱 이상한 건 외곽에 펼쳐져 있는 기문진법의 기운이 현재 전혀 느껴지지 않는다는 것이다. 마치 내부로 뛰어든 자에겐 어떤 종류의 위해도 가할 생각이 없다는 듯이 말이다. 아니, 그보다는 무시하고 있는 것인가?'

　내심 염두를 굴린 적천경이 기감을 일으켜서 다시 장호웅의 기운을 찾다가 눈을 빛냈다. 느닷없이 자신의 시야 속으로 불쑥 뛰어든 구손을 발견한 것이다.

　"구손 형님!"

　"어?"

　"산중루에 펼쳐진 진법, 구손 형님의 솜씨인 겁니까?"

　"티가 많이 났나?"

　"순간적으로 검을 뽑아 들 뻔했습니다."

　"그건 적 현제가 굉장한 고수이기 때문에 진법과 동조를 보인 걸 거야. 평범한 사람은 이곳에 진법이 펼쳐져 있는지도 모르고 그냥 지나쳐 갔을 텐데 말야."

　"……"

　태연한 구손의 말에 적천경이 입을 다물었다. 보통 이런 경우엔 화가 나기 마련인데, 구손에겐 그렇지 않으니

이 또한 신기한 일이란 생각이 들었다.

구손이 말했다.

"미신 당 도우께서 와 계신다네."

"하연 처제 때문입니까?"

"비슷하네."

"비슷하다는 건……."

적천경이 중간에 입을 닫았다. 어느새 소하연의 숙소인 별채 산중명월에서 한 명의 절세미녀가 모습을 드러냈다. 명실상부한 천하제일미녀인 미신 당세령이 거짓말처럼 등장한 것이다.

스으!

당세령은 산중명월을 나서자마자 구손과 적천경 곁으로 다가들었다.

흡사 물이 흐르는 것 같은 발걸음.

어느새 구손 앞에 도달한 당세령이 별빛을 닮은 눈빛으로 한차례 적천경을 일별하고 말했다.

"구손도장의 말이 틀리지 않더군요. 확실히 소 소저는 구음구양절맥증을 앓고 있어요."

"빈도가 지닌바 재주는 부족하나 다행히 함부로 허언을 하고 다니진 않습니다."

"재주가 부족하다는 말은 동의하기 어렵군요. 소 소저

의 병세가 이미 위중지경을 넘어섰는데도 용케 선을 넘지 않게 한 의술은 이미 범상하다 할 수 없어요."

"과찬이십니다."

"하지만 여전히 의문이 남는군요."

"빈도, 삼가 가르침을 청하겠습니다."

구손이 정중하게 허리를 숙여 보이자 당세령이 말을 이었다.

"구음구양절맥은 아홉 개의 음(陰)한 기운과 양(陽)한 기운이 계속 교차하면서 몸의 오장육부를 점차 쇠약하게 만드는 절맥증입니다. 보통 사내에겐 없고, 여인에게만 희귀하게 발생하는데, 이는 태아 상태에서 병의 근원이 태동하기 때문입니다."

"무량수불! 사내아이는 대개 사산되지요."

"그래요. 그래서 여아만이 산모의 몸에서 살아남고, 보통 스물의 나이가 되기 전에 생명이 다합니다. 한데, 놀랍게도 소 소저는 이십 대 중반인 나이까지 삶을 연장 했으니 이는 강력한 내공력을 지닌 절정고수의 부단한 노력이 있었기 때문일 겁니다."

당세령이 다시 적천경을 바라봤다. 그에게 확인하고자 함이었으리라.

적천경이 대답했다.

"분명 하연 처제의 병세를 제가 치료하고 있었습니다."

"게다가 꽤 훌륭하게 구음구양절맥의 진전을 억제하고 있었더군요? 호검관주의 의술이 구손도장과 동일한 경지에 오른 것 같진 않으니, 아마도 동일한 절맥증의 환자를 장기간 간병한 일이 있었을 테지요?"

"제 아내가 하연 처제와 같은 절맥증을 앓았습니다."

"그렇군요."

당세령이 미미하게 고개를 끄덕이고 더 묻지 않았다.

— **구음구양절맥!**

신의 형벌이라 불릴 정도의 불치병이다. 평생을 독과 의술에 바친 당세령조차 제대로 된 치료법을 알지 못했다.

당연히 평범한 의원 이상의 의학지식이 없어 보이는 적천경이 소하연의 병세에 익숙한 이유는 대충 짐작이 갔다. 그녀와 동일하거나 비슷한 절맥증을 타고난 환자를 통해 미리 경험해 봤을 게 뻔한 것이다.

'그리고 소 소저와 동일한 절맥증을 타고난 사람은 바로 그의 아내였을 테지……'

비극이다.

더할 나위 없을 정도로 끔찍한 일이었다.

그 같은 일을 겪고, 다시 겪어가며 한 가닥 희망을 품고 자신을 찾아왔을 적천경을 당세령은 침묵 속에 바라봤다. 그에게 어떤 말을 해 줘야할지 잠시 고민스러워졌기 때문이다.

'……하지만 매도 빨리 맞는 편이 나은 거니까!'

내심 마음을 결정한 당세령이 눈을 빛내며 입을 열었다. 아니, 그러려다 구손에 의해 제지당했다.

"그……."

"무량수불! 일단 당 도우께서는 빈도의 말을 먼저 들어주시지요?"

"……말씀하세요."

"감사합니다."

당세령에게 다시 정중하게 허리를 숙여 보인 구손이 품에서 죽편 하나를 꺼내 들었다.

"육효?"

당세령이 의아한 표정으로 중얼거리자 구손이 고개를 끄덕였다.

"예, 육효입니다. 하지만 점괘를 보기 위함은 아닙니다."

"그럼?"

"이런 식으로 사람을 구하고자함입니다!"

구손이 갑자기 목소리에 힘을 싫더니, 손에 들고 있던 죽편을 방금 전 당세령이 나온 산중명월 앞에 집어던졌다.

한데 묘하다.

그의 손을 떠난 죽편의 움직임이 그러했다.

맨 처음, 정상적인 포물선을 그리며 날아가던 죽편은 점차 느려졌다. 목표로 한 산중명월에 다가갈수록 허공 중에 그리고 있던 포물선이 단락단락 끊어져갔다. 순간 적으로 눈을 연속적으로 깜빡거린 것 같은 착각을 불러 일으켰다.

아니다.

그런 것과는 전혀 관계가 없었다.

그냥 죽편 그 자체가 그런 움직임을 보이는 것뿐이었다.

"공간 단절?"

"시공간 분리?"

당세령과 적천경의 입에서 연달아 신음을 닮은 탄성이 터져 나왔다. 두 사람은 구손의 죽편이 만들어 낸 기현상 을 자신들만의 언어로 이해한 것이다.

그때 죽편이 멈췄다.

포물선의 중간!

채 완성되지 않은 그 중간의 어떤 부분에 완전히 멈춰 버렸다. 그리고 바뀐 대기의 흐름!

"와아!"

당세령이 참지 못하고 다시 탄성을 터뜨렸다. 방금 전과는 달리 순수한 감탄의 기운만이 담겨져 있었다.

"……."

적천경은 침묵 속에 눈을 빛냈다.

그 역시 당세령과 마찬가지로 구손의 죽편이 어떤 상황을 만들어 냈는지 직감적으로 눈치챘다.

— 시간 정지!

그렇다.

그의 죽편이 산중명월로 향하던 중 일으킨 현상은 시간의 완전한 정지였다. 목표로 한 산중명월로 날아가던 중 다른 공간을 단절시키고, 시간과 공간을 분리해 버린 것이다.

그 결과 산중명월 일대는 시간의 진공 상태가 되었다.

다른 공간과 완전히 단절된 채 시간의 흐름으로부터

잊어져 버렸다.

하지만 그게 어떤 의미가 있다는 건가?

이런 종류의 시공간 단절은 이미 무당산에서 경험한 바 있었다. 대자연진의 일종인 대천강진세에 그런 묘용이 포함되어 있었기 때문이다.

그리고 그런 역천을 유지하기 위해서 남존이라 불리는 무당파는 거의 전 제자를 동원해야만 했다. 그들 전체의 힘을 몽땅 쏟아붓고서야 대천강진세를 어찌어찌 유지시키고 있었다. 그만큼 이 같은 시공간 단절은 어려웠다. 구손 같은 불세출의 진법가라 해도 그리 오랫동안 이 같은 현상을 지속시킬 순 없을 터였다.

그러니 의혹이 일 수밖에 없다.

그 같은 상황을 누구보다 잘 알고 있을 구손이 이런 일을 벌인 이유가 말이다.

그러자 적천경의 의혹을 해소라도 시켜주려 했음인가?

당세령이 예쁜 얼굴을 더욱 예쁘게 물들이는 미소와 함께 말했다.

"이런 식으로 협업(協業)을 하자는 것이었군요?"

"그렇습니다."

"얼마나 시간을 멈출 수 있죠?"

"필요하신 만큼."

"사람의 생명을 구하는 일에 허풍은 용납되지 않아
요!"

살짝 엄격해진 당세령의 말에 구손이 안색을 굳히고
조심스럽게 대답했다.

"죄송합니다. 빈도가 멈출 수 있는 시간은 반 시진가
량입니다."

"반 시진이라……."

당세령이 고운 눈매에 작은 주름을 만들어 내며 고심
어린 표정을 지어 보였다. 방금 전 진료를 마친 소하연의
구음구양절맥으로 인한 복잡한 기맥의 흐름을 하나하나
되짚어가기 시작한 것이다.

잠시뿐이었다.

곧 평소와 같은 매혹적인 표정을 회복한 당세령이 구
손에게 미미하게 고개를 끄덕여 보였다.

"……잘하면 가능할 것 같군요."

"그 말, 사실입니까!"

내심 마음을 졸이며 두 사람의 대화를 듣고 있던 적천
경이 자신도 모르게 소리쳤다. 거의 포기하고 있던 처제
소하연의 병을 고칠 수 있다는 말에 마음이 크게 격동해
버렸다.

당세령이 새침하게 말했다.

"호검관주의 그런 표정, 처음 보는 것 같네요. 처제를 아주 많이 걱정하시나 봐요?"

"아내가 마지막으로 부탁한 사람이니까요."

"아!"

당세령이 살짝 당황한 표정을 지어 보였다.

줄곧 평정심을 유지하던 적천경이 소하연에게 지극한 관심을 보이는 것이 은근히 신경 쓰였다. 자신 앞에서 다른 여자를 신경 쓰는 남자를 처음 봤기 때문이다.

그래서 꼬인 심사를 드러냈는데, 너무 당연한 대답을 들어 버렸다. 무안함과 동시에 죄책감을 느끼지 않을 수 없었다. 명색이 천하제일의원이라 불리는 터에 평범한 아녀자 같은 질투를 드러냈다는 생각에 자신이 한심했다.

그나마 다행이랄까?

그녀와 함께하고 있는 적천경과 구손은 모두 일반적인 사람과는 달랐다. 두 사람 모두 당세령에게 그다지 관심을 보이지 않았기에 무안함을 조금 덜 수 있었다.

'근데 이거 좋아해야 하는 건가?'

내심 고개를 갸웃해 보인 당세령이 은근슬쩍 적천경을 외면한 채 구손에게 말했다.

"그럼 나는 이만 물러나서 구음구양절맥의 치료법을 좀 더 연구해 보겠어요."

"빈도, 일각이 여삼추와 같이 기다리고 있겠습니다."

"그보다는……."

잠시 말끝을 끊고 적천경을 일별한 당세령이 빙긋 웃어 보였다.

"……치료비를 구해오는 게 우선일 테지요."

6장

신마혈천제(神魔血天帝)의 전인?

밤.

저녁 식사 후 평상시처럼 처제 소하연을 살피러 산중 명월에 들렀다 나온 적천경은 홀로 정원을 서성거리고 있었다.

심사가 불편했다.

처제 소하연의 절맥증을 치료할 희망이 생기며 억눌러 왔던 과거의 아픔이 다시 살아났다. 아내 소연정의 발병 후 당황스러운 마음에 저질렀던 수많은 실수와 부족했던 자신의 능력이 같이 떠올라 버렸다.

더불어 불쾌감이 인다.

다른 누군가가 아닌 자기 자신에 대한 혐오다.

아내 소연정을 구하지 못한 그때의 무능력함과 처제 소하연에게 생긴 희망에 복잡해진 심경이 싫었다.

당시 적천경은 명의와 명약을 찾아 천하를 돌아다니다 아내와 함께할 시간을 대부분 놓쳐버렸다. 병들어 시름시름 시들어 가는 그녀의 곁을 지키지 못했다.

돌이킬 수 없는 실수다.

씻을 수 없는 죄였다.

그래서 처제 소하연이 발병한 후 적천경은 줄곧 그녀의 곁을 떠나지 않았다. 아내가 부탁한 소중한 처제의 곁을 지키며 그녀의 임종을 함께할 생각이었다.

그런데 기적이 일어났다. 친구 곽채산의 생사를 확인하기 위해 떠났던 무당산에서 구손을 만난 것이다.

그가 말해 준 희망!

아내와 마찬가지로 거의 포기하고 있던 처제 소하연을 구할 수 있다는 희망을 따라 항주에 왔다. 그와 협업해 그녀의 절맥증을 고칠 수 있는 천하제일의원 당세령을 만나기 위해서 말이다.

'그리고 드디어 처제를 구할 수 있는 가능성을 확인받았는데, 이런 몹쓸 마음이라니…….'

인간이기에…….

사랑하던 아내를 잃어버렸기에 가질 수밖에 없는…….

후회와 억울함에 함몰되어 버리려는 마음의 작은 어둠에 적천경은 내심 고개를 저어 보였다. 자신도 모르는 사이에 불쑥 고개를 치켜올린 이기심에 가슴이 답답해져 왔다.

그때 그의 뒤로 그림자 한 덩이가 떨어져 내렸다.

장호웅이었다.

"사부님!"

"몸에 불편한 부분은 없느냐?"

"괜찮습니다. 다만…….."

"네가 정신을 잃어버렸을 때 어떤 일이 벌어졌는지 궁금한 걸 테지?"

"……그렇습니다."

적천경의 뒤에 시립한 채 고개를 숙여 보이는 장호웅의 강철 같은 얼굴에 수치심의 그림자가 드리워졌다.

그럴 수밖에 없다.

그는 의식을 잃었다가 정신을 차린 지 얼마 되지 않았다. 소하연을 보호하는 임무를 맡고 있었음을 감안하면 쥐구멍에라도 들어가고 싶은 심경이었다.

그래도 그는 적천경을 찾아왔다.

사부로 모신 그에게 자신이 정신을 잃어버린 이유를

듣기 위해서였다. 그 외엔 미칠 것 같은 속내를 털어놓을
상대가 없기도 했고 말이다.

적천경이 말했다.

"너는 부끄러워 할 것이 없다. 이번 일은 호웅이 너로
선 불가피한 일이었으니까."

"하지만!"

"그래, 하지만 알 건 알아야겠지."

적천경이 발끈해 목청을 높인 장호웅의 말을 중간에서
끊고, 신형을 돌려 세웠다.

그냥이 아니다.

어느새 그의 손에는 멸천뇌운검이 들려져 있었다.

뿐만 아니다.

스파앗!

문득 멸천뇌운검이 허공을 가로질렀다. 바로 몇 걸음
떨어진 장소에 시립해 있는 장호웅의 목을 향해 사선을
그리며 떨어져 내린 것이다.

움찔!

장호웅의 몸이 가벼운 떨림을 보였다. 무인으로서 당
연한 반응이다.

그러나 단지 그뿐이었다.

장호웅은 더 이상 어떤 행동도 보이지 않았다. 멸천뇌

운검이 자신을 향해 찔러 들어오는 걸 그냥 지켜보고만 있었다. 마치 죽음을 감수하려는 것처럼 말이다.

슥!

적천경이 멸천뇌운검을 거둬들였다. 정확히 장호웅의 목에서 촌분가량을 놔둔 채 그리했다.

"호웅, 검을 뽑아라!"

"예!"

그제야 장호웅이 움직였다.

짤막한 대답과 함께 검을 뽑더니, 곧바로 하늘로 베어 올렸다. 방금 전 적천경의 멸천뇌운검이 파고들었던 궤적을 정확하게 가로막는 움직임이었다.

하지만 적천경은 이미 멸천뇌운검을 뒤로 물린 상황이었다.

다시 동일한 초식을 펼칠 이유가 없었다.

아니다.

파팟!

장호웅의 방어를 비웃듯 적천경의 멸천뇌운검이 방금 전과 동일한 궤적을 그리며 파고들었다.

동일한 초식!

날카로움을 동반한 채 장호웅의 목젖을 찔러들어 왔다.

단!

앞서보다 조금 더 빠르다.

똑같은 초식을 더 빠르게 가속함으로써 장호웅의 방어를 무력화시켜 버린 것이다.

"헉!"

"호검팔연식의 일초식, 사일단심이다!"

냉정한 한 마디와 함께 적천경이 다시 목젖 바로 앞에 멈췄던 멸천뇌운검을 거뒀다.

장호웅의 눈이 음울하게 가라앉았다.

"다시 부탁드리겠습니다!"

"좋다."

적천경이 대답과 함께 다시 사일단심을 펼쳤다.

역시 똑같다.

같은 동작. 같은 궤적.

그러나 앞서보다 빨라진 속도로 멸천뇌운검을 장호웅의 목에 밀어 넣었다.

스슥!

장호웅이 움직임을 보였다.

자신의 검 실력으로는 적천경의 사일단심을 막아 내지 못한다는 판단을 내린 것이다.

물론 검 역시 놓고 있진 않다.

그는 보신경을 펼치는 것과 동시에 적천경을 향해 연속적으로 검을 날렸다. 최고의 방어는 공격이란 점을 십분 활용해서 사일단심을 피하려 했다.

하나 역부족이었다.

핏!

어느새 적천경의 멸천뇌운검은 장호웅의 목 앞에 도달해 있었다. 보신경까지 펼쳐서 간격을 벌렸음에도 어느새 따라잡혔다. 흡사 검 그 자체에 아교가 되어서 장호웅의 목에 눌어붙어 버린 것 같은 형국이다.

슥!

적천경이 세 번째 멸천뇌운검을 거둔 후 말했다.

"무얼 느꼈느냐?"

"제자의 부족함입니다."

"단지 그것뿐이더냐?"

"……."

장호웅이 말문이 막혀서 입을 다물었다.

이건 시험이다.

사부 적천경이 처음으로 내린 시험이었다. 이와 같은 질문을 하기 위해 방금 전 세 차례나 동일한 검초를 펼쳐서 장호웅의 부족함을 알게 한 것이다.

하지만 장호웅은 생각이 나지 않았다.

아예 머리가 굳어 버린 것 같았다.

쾌(快)!

여태까지 경험조차 해 본 적이 없던 빠름이 바로 그가 느낀 전부였다. 이렇게 계속해서 빨라지는 검초 따윈 상상조차 해본 적이 없었다.

'하긴 이런 검초를 실전에서 만났다면 바로 죽었을 테니까……'

내심 자조적으로 중얼거린 장호웅이 조심스럽게 고개를 저어 보였다.

"사부님, 제자가 불민하여 검초의 불가사의한 빠름 외에는 생각나는 것이 없습니다."

"잘 봤다."

"예?"

"네가 정확하게 사일단심의 요지를 파악했다는 말이다."

"……"

"하지만 그것만으론 부족하다!"

살짝 목청을 높인 적천경이 다시 허공중에 사일단심을 펼쳐 보였다.

역시 같은 궤적이다.

하지만 장호웅의 눈동자가 조금 커졌다.

방금 전.

바로 눈앞에서 펼쳐질 때만 해도 전혀 보이지 않던 검초의 변화가 화인처럼 뇌 속에 박혀 들어왔기 때문이다.

'어떻게?'

의혹 어린 표정이 된 장호웅에게 적천경이 연속적으로 사일단심을 보여주며 담담하게 말했다.

"각인이다! 이 사일단심의 변화를 눈 속에 똑똑히 새겨 넣거라! 그냥 머릿속을 완전히 비운 채 검초의 변화, 하나하나에만 집중하거라!"

"……."

쓸데없는 참견이었다.

이미 장호웅은 그리하고 있었다.

— 호검팔연식 일초식 사일단심!

그 자체에 전심전력으로 몰입했다. 사부 적천경의 설명조차 도외시한 채 말이다.

그렇게 얼마나 지났을까?

팟!

총 백여덟 번에 걸쳐서 사일단심을 펼친 적천경이 멸천뇌운검을 거둬들였다. 이제 충분할 정도로 시전해 보였다고 생각한 것이다.

부르르!

과연 장호웅이 몸을 가볍게 떨며 몰입에서 벗어났다.

흡사 꿈이라도 꾼 것 같달까?

특유의 무표정한 얼굴과 어울리지 않게 그의 눈은 몽롱했다. 정신을 절반쯤 놓아 버린 것 같다.

적천경이 그런 장호웅을 지그시 바라보다 말했다.

"무얼 느꼈느냐?"

"무(無)를 느꼈습니다."

"쾌속에서 무를 본 것이냐?"

"그렇……."

기계적으로 대답하려던 장호웅이 입을 닫고 고개를 저어 보였다.

"……진 않은 것 같습니다."

"그럼 무얼 보았느냐?"

"아직은 잘 모르겠습니다. 하지만 한 가지는 분명해진 것 같습니다."

"말해 보거라."

"다시 오늘 낮과 같은 일은 겪지 않을 수 있을 것 같습니다. 목숨을 잃어버릴지언정 말입니다."

"훌륭하다."

적천경이 담담하게 미소 지으며 장호웅의 어깨를 가볍게 두드려 주고 신형을 돌려세웠다.

방금 전의 연속적인 검초의 시연!

사실 호검팔연식의 사일단심이 아니어도 상관없었다.

검초, 그 자체가 아니라 모든 잡념으로부터 벗어난 집중과 각인이 진짜 목적이었으니까.

— 검아일체번뇌차단술!

그게 바로 적천경이 오늘 장호웅에게 전수해 준 비전이었다. 대제자인 진호군보다도 먼저 전해 줬다. 진호군에겐 없는 걸 장호웅은 갖추고 있었기 때문이다.

피의 냄새!

죽음과 함께해 온 세월!

그 모든 것을 갖췄기에 '검아일체번뇌차단술'을 쉽게 전해 줄 수 있었다. 피와 죽음, 그 자체를 있는 그대로 받아들일 수 있는 자만이 익힐 준비가 되었다 할 터였기에.

'산중루에 은신하고 있던 호웅이를 잠재운 건 미신 당소저일 것이다. 그녀의 놀라운 암기술에 마혈(痲穴)과 수혈(睡穴)을 동시에 얻어맞고 의식을 잃어버린 거야. 하지만 오늘 검아일체번뇌차단술을 전수받은 이상, 앞으로

호웅을 그렇게 만들긴 쉽지 않을 것이다.'

현 무림의 최강자!

누가 뭐라 해도 정파의 삼신이다.

그중 한 명이 미신 당세령이니, 장호웅으로선 결코 감
당할 수 없는 상대를 만났다고 할 수 있을 터였다. 오히
려 의식할 새도 없이 제압당한 게 다행일 수 있었다. 만
약 섣부른 저항을 보였다면 신마혈맹 출신임이 들통나서
목숨을 잃어버렸을지도 모르니까 말이다.

하지만 적천경은 장호웅의 사부였다.

처제 소하연의 호위를 맡기기 위해 받아들였긴 하나
제자가 남에게 처 맞고 다니게 할 순 없었다. 맞은 자는
두 다리를 펴고 자고, 때린 자는 쭈그리고 잔다는 속설
따윈 믿지 않았다. 거짓말임을 알고 있기 때문이다.

그래서 적천경은 장호웅에게 처음으로 사부 노릇을 했
다. 이미 괜찮은 무력을 지닌 그에게 정신력을 극단적으
로 강화시켜줄 '검아일체번뇌차단술'을 전수해 주는 걸
로 말이다.

그 같은 생각 속에 걸음을 옮기던 적천경의 눈에 이채
가 어렸다.

'신려도장과 황 소저가 함께 뭘 하는 거지?'

갑작스러운 신려와의 재회로 적천경은 내심 곤란해 하

고 있었다. 무당산에서 다시 도적에 이름을 올린 신려와
황조경간에 신경전을 경험한 바 있어서였다.

여인들의 싸움!

참 무섭다.

웬만하면 끼어들고 싶지 않은 기분이었다.

그래서 그는 걸음을 다른 쪽으로 돌리려다 눈살을 가
볍게 찌푸려 보았다. 두 여인이 뭔가 두런두런 대화를 나
눈 후 산중루 밖으로 나서는 모습이 왠지 모르게 신경 쓰
였다.

'둘이서 이 밤중에 어딜 가는 거지? 설마…….'

적천경의 뇌리 속에서 갑자기 한편의 치정극(癡情劇)
이 스쳐 갔다. 두 여인이 자신을 놓고 검을 빼 들고 죽기
살기로 싸우는 광경이 눈앞에 선했다.

'……두 사람은 모두 좋은 사람이다. 그런 일은 벌어
지지 않을 거야. 분명히!'

내심 단언하면서도 적천경의 걸음은 빨라지고 있었다.

그 정도가 아니다.

슥!

어느새 그는 신형을 날리고 있었다. 산중루 밖으로 나
간 두 여인의 뒤를 쫓기 시작한 것이다. 전력으로.

＊　　　＊　　　＊

취운장(聚雲莊).

항주 외곽, 전당강이 굽이치는 삼각주 부근에 위치한
장원은 중원대표국의 소유였다.

내원에 위치한 작은 별채에서 홀로 근심에 빠져 있던
철검무정 유의태는 고심에 찬 표정을 짓고 있었다. 천하
제일영웅대회 본선을 지켜보던 중 들려온 목소리의 정체
를 아직 확인하지 못한 때문이었다.

— 충마!

목소리가 말한 대로 수년 전 그는 그 같은 무림명을 지
닌 마도의 인물이었다.

아니다.

조금 더 정확히 말하자면 충마로 활동할 당시 그는 정
천맹과 정사대전을 벌였던 신마혈맹의 주요 인물 중 한
명이었다. 신마혈맹을 이루고 있던 주요 마세 중 하나인
독왕림(毒王林)의 삼대 독마 중 하나였던 것이다.

당연히 그는 매우 많은 정파인을 죽였다.

미신 당세령이 이끄는 사천당가에 의해 독왕림이 멸망

을 당하기 전까지 아주 종횡무진 활약했다. 온갖 독충을 수족처럼 부려서 수십 명의 일류 고수와 절정급 고수를 독살시켰다.

그래서 그는 독왕림 멸망 후 선택을 해야만 했다. 깊은 산중으로 들어가 죽은 듯이 살면서 정천맹 추살대를 기다리거나 다른 인생을 살거나 말이다.

그가 선택한 건 후자였다.

평범한 표국의 표행을 기습해 몰살시킨 그는 그중 한 명의 인생을 훔쳤다. 얼굴을 뜯어내 인피면구를 만들고, 그의 가족과 친분 있는 자들을 닥치는 대로 죽였다. 그 와중에 온갖 몰염치한 일을 서슴지 않았는데, 충마 시절부터 그가 하던 짓과 별반 다르지 않은 일이었다.

그렇게 그는 유의태가 되었다.

그리고 당시 강남에서 기세를 올리고 있던 중원대표국에 표사로 들어간 그는 무난히 대표두에까지 오를 수 있었다. 마도인 특유의 잔혹한 손속으로 철검무정이란 무림명을 획득한 채 말이다.

'그동안 나는 정말 조심스럽게 살아왔다. 유의태와 관련된 모든 자들을 죽였고, 독술 자체를 봉인했다. 그런데 어떻게 내 정체를 아는 자가 나타난 것일까?'

궁금했다. 걱정됐다. 참고 참으려 해도 살기가 끓어오

를 정도로 마음이 격동해 있었다.

하지만 유의태가 달리 독왕림의 멸망에서 생존한 게 아니었다.

그는 독왕림과의 인연을 완전히 끊기 위해 함께 탈출했던 동료들까지 모조리 독살한 바 있었다. 그만큼 살고자 하는 마음이 극심했다.

한데 그렇게 고민에 빠져 있던 유의태의 눈동자가 흔들렸다. 다시 예의 목소리가 머릿속에서 울려 퍼졌기 때문이다.

『충마! 슬슬 죽을 준비가 되었느냐?』

'내가 왜 죽어!'

유의태가 내심 발끈하며 내력을 천시지청술(天視地聽術)에 집중시켰다. 어떻게든 자신을 괴롭히는 목소리의 주인공이 있는 위치를 파악하기 위함이었다.

그러자 비웃음 섞인 목소리가 들려왔다.

『한심한 놈! 네놈의 하찮은 능력으로 본좌의 위치를 파악할 수 있으리라 생각하는 것이냐?』

'본좌?'

유의태의 눈 깊은 곳에서 기광이 번뜩였다.

본좌란 지칭!

익숙하다.

과거 그가 지존으로 모시고 있던 신마혈맹의 혈맹주가 자신을 지칭하던 표현이었기 때문이다.

하지만 그렇다면 이해가 안 된다.

혈맹주 신마혈천제(神魔血天帝)는 그가 알기로 칠 년여 전 모종의 혈사로 사망했다. 신마혈맹의 총단이 위치해 있던 기련산의 등천마선궁이 사라지면서 휘하의 일천 마인과 함께 자취를 감춰 버린 것이다.

덕분에 정천맹과 박빙(薄氷)의 승부를 벌이고 있던 신마혈맹의 하부 마세들은 순식간에 일패도지해야만 했다. 상부인 신마혈맹 총단의 지원이 끊긴 탓에 정천맹과 함께하는 구대문파, 오대세가, 삼대병기보등의 예봉을 막아 낼 수 없었다.

그 아수라장을 직접 온몸으로 겪어낸 유의태였다. 독왕림을 배신하고, 동료를 배신하고, 자기 자신을 버린 끝에 살아남은 그였다. 갑자기 신마혈천제로 느껴지는 칭호를 접하고 의문을 느끼는 건 어쩌면 당연한 일일 터였다.

그때 목소리가 다시 들려왔다.

『본좌에게 의문을 품을 필요 없다! 곧 본좌를⋯⋯.』

'곧 뭐?'

유의태가 내심 다시 의문을 품었을 때였다.

픽!

갑자기 그의 눈앞에서 불똥이 튀어 올랐다.

진짜 그랬다는 게 아니다.

그 정도로 강력한 일격을 당해서 일종의 착란 상태에
빠진 것이었다.

"크윽!"

유의태의 입에서 신음이 터져 나왔다.

순간적으로 정신을 잃어버릴 정도의 일격을 당했기에
엉겁결에 비명을 터뜨렸다.

아니다.

그건 일종의 속임수였다.

탁!

유의태가 손바닥으로 바닥을 짚으며 바닥에 놔뒀던 철
검을 뽑아 들었다.

스파앗!

그리고 발검과 동시에 횡으로 가로지르기!

놀랍게도 정좌를 하고 있던 그의 신형이 팽이라도 된 것처럼 앉은 자세 그대로 회전했다. 검과 함께 자신의 몸 주변에 한 바퀴 원을 그려낸 것이다.

당연히 그것만으로 끝일 리 없다.

탁!

다시 방바닥을 손으로 친 유의태의 넓은 소매가 파르르 떨림을 보였다.

극히 짧은 순간의 변화!

그러나 그 결과 벌어진 변화는 놀라웠다.

사아! 사아아아아악!

기묘한 기음과 함께 검푸른 그림자가 유의태의 몸 전체를 에워싸며 퍼져 나갔다.

— 흑청충독공(黑靑蟲毒功)!

오랫동안 봉인해놨던 유의태의 성명절기의 발동이다. 그는 검을 뽑아서 반격을 가하는 척하며, 몰래 준비해놨던 충독술을 펼쳐 낸 것이다.

그 위력은 가공지경!

순간적으로 유의태가 펼친 흑청충독공은 방 안을 온통

충독으로 물들였다. 다양한 종류의 독충들이 그의 충독
술에 조종되며 이리저리 몰려다녔다. 흡사 검푸른 그림
자가 맹렬한 회오리를 일으키며 움직이는 것 같은 형국!

그러다 검푸른 그림자를 이루고 있던 독충들이 한군데
로 몰려 들어갔다. 마치 불을 발견한 나방이라도 된 것처
럼 일제히 육탄돌격했다.

파직!

우수수수수!

그리고 한줄기 시퍼런 뇌광(雷光)과 함께 모조리 불타
올랐다. 순식간에 수천 마리가 넘는 각종 독충들이 한 줌
재가 되어 바닥에 떨어져 내렸다.

"안 돼!"

유의태가 방금 전과는 다른 의미의 비명을 내뱉었다.
그의 눈앞에서 뇌광에 불타 떨어져 내리는 독충들의 모
습에 눈이 돌아가 버린 것이다.

그럴 수밖에 없다.

그가 평생에 걸쳐 익힌 흑청충독공의 핵심은 천하 각
처에서 모아서 기른 각양각색의 독충들이었다. 그 독충
들을 흑청충독공의 충독술로 마음대로 조종하는데 자신
의 모든 걸 바쳤다고 할 수 있었다.

당연히 그런 독충들을 잃어버리면 흑청충독공은 아무

짝에도 쓸모가 없게 된다. 평생의 적공이 수포로 돌아가서 처음부터 다시 독충들을 모으고, 충독술로 길들이고, 조련해야만 했다. 수십 년이란 세월을 다시 투자해서 말이다.

파아앗!

유의태가 수중의 검을 뇌광이 일어난 방향을 향해 집어던졌다. 미칠 것 같은 심정임에도 냉정을 잃지 않고 다시 공격을 가한 것이다.

파직!

그러나 다시 예의 뇌광이 일었고, 검이 바닥에 떨어졌다.

우둑!

그다음은 유의태였다.

검을 집어던지고 밖으로 도망치려던 그의 뒷덜미가 뒤로 낚아채지고, 목뼈가 옆으로 돌아갔다. 독공을 제외하더라도 강남을 대표하는 중견 고수였던 그가 어린애같이 제압당해 버렸다.

"끄륵!"

유의태의 입에서 게거품이 흘러나왔다. 숨통이 막혀서 당장 숨이 멈춰버릴 듯싶다.

"헛짓거리를 멈추지 않으면 당장 죽여 버릴 테다!"

"……끄응."

처음으로 들은 진짜 목소리에 유의태가 게거품을 꿀꺽 삼켰다.

협박에 굴복한 것일까?

그렇다기보다는 진짜 목적을 이뤘기 때문이다.

'역시 신마혈천제는 아니었구나! 하지만 그의 무공을 익힌 자임에는 분명하다!'

내심 빠르게 염두를 굴린 유의태가 흰자위만 남겨놨던 눈을 바로하고 조심스레 말했다.

"소인, 신마혈뢰공(神魔血雷功)을 똑똑히 봤습니다! 한때 신마혈맹의 제자였던 자로써 다시 신마혈뢰공이 재림한 걸 봤으니, 지금 당장 죽어도 여한은 없을 것입니다!"

"그거 잘 됐군."

"크헉!"

순간적으로 다시 목이 조여오는 압박감에 유의태가 숨 막히는 소리를 터뜨렸다.

그냥 던져본 말이었다.

진짜 죽을 마음이 있을 리 만무했다.

그런 성격이었다면 신마혈맹과 독왕림이 멸망할 때 도 망쳐서 신분세탁까지 해서 살아남았을 리 없었다. 그가 온몸을 바둥거리며, 저항하자 곧 목을 조이던 힘이 사라졌다. 그리고 귓가에 흘러든 비웃음!

"후후, 역시 삶을 탐하는 충마답구나!"

"……헉! 헉!"

"더러운 배신자인 네놈이 살 수 있는 방법을 알려주도록 하지."

"따, 따르겠습니다!"

충마로 다시 돌아간 유의태가 고개를 바닥에 박고 오체투지했다. 목소리의 주인이 신마혈천제의 전인이며, 잔혹한 성격임을 눈치채고 더 이상 머리를 굴리기를 포기한 것이다.

한데 어찌 된 일인가?

잠시 오체투지한 유의태를 내려다보던 목소리의 주인이 시선을 먼 방향으로 던졌다. 그리고 흘러나온 중얼거림.

"불청객이 왔군."

'불청객?'

"서신으로 네놈이 할 일을 전달하겠다. 공(功)으로써 과(過)를 덮고 싶다면 충실히 임해야만 할 것이다."

"헉!"

유의태가 자신도 모르게 바닥에 대고 있던 머리를 치

켜올리려다 헛바람을 들이켰다. 갑자기 전신을 찍어 누르듯 밀어닥친 강렬한 압력에 머리가 깨지는 것 같았기 때문이다.

슉!

그리고 목소리의 주인은 사라졌다.

끝까지 자신의 정체를 드러내지 않은 채 말이다.

* * *

밤은 점차 깊어져가고 있었다.

산중루를 빠져나와 어깨를 나란히 한 채 신형을 날리고 있던 황조경과 신려가 한 채의 커다란 장원 앞에 멈춰 섰다.

— **취운장.**

고아한 이름의 장원 주변에서는 스산한 바람이 휘몰아치고 있었다. 밤이 깊어지며 인근을 지나가는 전당강 쪽에서 습한 바람이 불어오고 있는 듯하다.

황조경이 장원 대문 앞에 붙어 있는 취운장이란 현판을 확인하고 신려에게 살짝 고개를 숙여보였다.

"갑자기 어려운 부탁을 해서 죄송해요!"

"황 도우님을 저는 무당산에서부터 자매처럼 생각하고 있었어요. 제게 부탁하신 이상 어찌 성심을 다하지 않을 수 있겠어요?"

'자매라……'

낮에 유의태에게 했던 말을 그대로 돌려받은 황조경이 내심 쓰게 웃었다. 신려가 자신이 요식행위로 한 말을 그대로 믿었다는 생각에 마음 한구석이 켕겼다.

잠시뿐이다.

곧 그녀는 빙긋 미소지어 보였다.

"그렇게 생각해 준다니, 고마워요. 내가 몇 살 위인 거 같으니 앞으로 신려 동생이라 부를게요."

"예."

"그럼 단도직입적으로 묻겠는데, 신려 동생, 낮의 대결은 어찌 된 거야?"

"……"

"나도 바보는 아니야. 천룡 제갈 소협이 신려 동생을 찾아와서 난리를 피운 이유는 뻔하잖아? 정말 적 관주의 생각대로 신려 동생은 일부러 천룡 제갈 소협에게 비무에서 패한 거야?"

의자매를 맺자 마자다.

갑자기 속내를 몽땅 털어 놓으라 다그치는 황조경의 태도에 신려가 잠시 당황스러운 표정을 지어 보였다. 그녀에게 이런 질문을 받으리라곤 상상조차 하지 못했기 때문이다.

그러나 그녀는 다른 데 더 신경이 쓰였다.

적천경!

다시 도적에 이름을 올리기 전 마음을 허락했던 남자.

그가 자신의 부끄러운 승부를 알고 있었다는 생각에 얼굴이 달아올랐다. 오늘의 승부, 적천경에게만은 보이고 싶지 않았다. 들키고 싶지 않았다.

'역시 적 소협은 알고 있었으면서도 내게 말하지 않고 있었구나…….'

적천경의 배려를 느끼며 내심 다시 얼굴을 붉힌 황조경이 한숨과 함께 말했다.

"조경 언니의 생각은 반만 맞다고 할 수 있어요."

"반만 맞다고?"

"예, 천룡 제갈 도우는 강했어요. 만약 제가 최선을 다했다 해도 그를 이길 수는 없었을 거예요."

"적 관주는 그렇게 말하지 않았는걸?"

"예?"

"나 대협이 그렇게 말하자 적 관주는 그건 일반론에

불과하다며, 진짜 무인들의 승부란 끝까지 가 봐야 알 수 있다고 했어. 그리고 그 같은 칼날 끝의 승부를 겨뤄 본 자만이 무학의 한계를 뛰어넘을 수 있는 기회를 잡게 된다며 안타까워했어."

"……."

뒷말은 살짝 황조경의 각색이었다. 오랫동안 지켜봐 온 적천경의 성격상 그리 생각했을 거라 지레짐작한 것이다. 그리고 그 말은 후일 신려에게 아주 큰 영향을 미쳤다. 황조경이 상상했던 이상으로 말이다.

그때 잠시 생각에 잠긴 듯 고개를 숙이고 있던 신려가 갑자기 황조경에게 말했다.

"조경 언니, 비명 소리를 들으셨나요?"

"비명 소리?"

"예, 장원 안쪽에서 들려왔어요!"

"……."

황조경이 신려를 바라봤다. 그녀의 무공이 무당파에서 봤을 때보다 더욱 진보했다는 생각이 들었다.

'그보다 중원대표국 소유의 장원에서 비명성이 들려왔다고? 철검무정 유의태, 도대체 항주에서 무슨 짓을 벌이고 있는 거지!'

낮의 기묘한 만남.

황조경의 후각을 자극했다.

중원대표국의 대표두 철검무정 유의태에게서 구린내를 맡았다. 그것도 꽤나 심각한 종류의 것을 말이다.

그래서 황조경은 요 며칠, 구워삶은 항주 일대 하오문을 찾아서 그에 관한 몇 가지 정보를 얻어냈다. 상계에서는 일상적인 정보수집의 일환이었다.

그러다 몇 가지 신경 쓰이는 유의태의 과거사를 알게 됐다. 수년 전 갑작스레 평범한 표사였던 그가 절정급 무공을 익히고 중원대표국의 일원이 된 것이다.

게다가 더 그녀의 흥미를 돋운 건 유의태의 과거가 완전히 오리무중이란 점이었다. 절정 고수가 되기 전, 그를 알았던 자들 중 어느 누구도 현재 생존해 있지 않았다. 기묘하게도 비슷한 시기에 목숨을 잃거나 실종되어 버렸다.

이런 경우 구린내는 똥냄새를 풍기게 된다.

그것도 아주 진한.

그래서 황조경은 자신이 알아낸 정보의 최종적인 확인을 위해 오늘밤 취운장을 찾았다. 신려와 함께 온 건 그녀를 대하던 유의태의 행동이 유난스러웠기 때문이다. 필경 숨겨진 이유가 있을 거란 판단이었다.

'그런데 이렇게 시의적절하게 비명이 들려오다니? 설

마 우리보다 먼저 온 사람이 있었던 걸까?'

내심 염두를 굴린 황조경이 신려에게 말했다.

"신려 동생, 여기부터는 나 혼자 들어갈게."

"예?"

"자칫 일이 잘못되면 무당파와 중원대표국의 문제가
될 수 있으니까 신려 동생은 뒤로 빠지란 거야!"

"조경 언니……."

황조경의 배려에 살짝 감격한 표정을 지어 보인 신려
가 눈에 강인한 정광을 담았다.

"……무당파의 제자는 결코 의리를 저버리지 않아요!
조경 언니의 고마운 마음은 가슴속에만 담아두도록 하겠
어요!"

"알겠어."

황조경이 고개를 끄덕여 보였다. 자신을 향한 신려의
눈 속에 담긴 강인한 기운에 설득을 포기한 것이다.

슥! 스슥!

그 후 두 여인은 동시에 취운장의 담을 뛰어넘었다. 비
명이 들려온 방향으로 곧바로 달려가서 어떤 일이 벌어
졌는지 확인할 심산이었다.

한데, 그녀들이 취운장의 담을 뛰어넘고 얼마 지나지
않았을 때였다.

스으!

각자의 보신경을 발휘해 취운장 내부를 가로지르던 두 여인의 눈앞으로 기묘한 그림자 하나가 지나쳐갔다.

아니다.

기묘한 그림자는 중간에 움직임을 멈췄다.

환상?

혹은 착각과도 같이 모습을 드러낸 그림자는 어느새 두 여인의 앞으로 돌아와 있었다. 그녀들의 곁을 스쳐 지나갔다가 순식간에 되돌아온 것이다.

그야말로 찰나의 순간 만에 벌어진 일!

'무슨?'

'뭐야아!'

신려와 황조경이 순차적으로 반응을 보였다. 무공의 고하를 그대로 드러낸 모습이다.

창!

신려가 검을 뽑아 들었다. 발검과 함께 검봉을 밑으로 내려뜨리는가 싶더니, 곧바로 앞으로 내밀었다.

검기점혈(劍氣點穴)!

상승의 검기를 일으킨 그녀의 검에서 찬연한 검화가 연달아 피어났다. 자신과 황조경, 모두를 검기로 방어한 채 자신들에게 돌아온 그림자를 공격해 들어갔다.

그러나 소용없는 짓이었다.

파파파팟!

신려가 일으킨 검기는 모두 허공만을 가로지를 뿐이었다. 어떤 타격도 그림자에게 주지 못했다.

스슥!

그러자 이번엔 황조경이 나섰다.

그녀의 손에는 어장검이 들려져 있었다. 중검 크기의 검을 역수로 쥔 채 그림자의 하체 쪽을 노리며 파고들었다. 정면에서 당당하게 공격해 들어간 신려와 달리 실리를 취하려 한 것이다.

스으!

역시 별무소용이었다.

어느새 그림자는 공중으로 신형을 띄워 올리고 있었다.

간단히 황조경의 어장검이 만들어 낸 예리한 검기를 피해 버렸다.

휘릭!

그 후 뒤로 가볍게 신형을 회전하더니, 저만치 물러서 있다. 여전히 모호한 그림자로 존재하고 있는 게 흡사 허깨비를 상대하고 있는 것만 같다.

'강하다!'

'뭐, 이렇게 강해!'

신려와 황조경의 안색이 딱딱하게 굳었다.

처음부터 두 여인은 약속이라도 한 것처럼 그림자에게 합공을 가했다. 본능적으로 갑자기 나타난 그림자의 위험성을 눈치챘기 때문이었다.

아니다.

두 여인은 아무것도 몰랐다.

눈앞의 그림자!

진짜 강했다. 여태까지 만나 본 적이 없을 만큼 지독히 강해서 온몸이 후들거리며 떨려 왔다. 단 일합의 대결만으로도 자신들이 결코 감당할 수 없는 강자란 걸 알아 버렸다.

그렇다면 이제 어찌해야 할까?

두 여인에겐 두 가지 길이 있었다.

결사항전! 도주!

그중 어떤 것도 현재로선 마뜩치 않았으나 인생이란 게 항상 좋아하는 일만 할 수는 없었다. 이제 두 여인은 결정을 내려야만 했다. 원하든 원치 않든지 간에 말이다.

한데 바로 그때였다.

스으!

갑자기 줄곧 모호한 상태로 존재했던 그림자에게서 변

화가 일어났다. 가벼운 일렁거림과 함께 여태까지 철통
같이 숨기고 있던 본색을 드러낸 것이다.

7장

신마혈맹의 파천대주(破天隊主)!

이제 서른이나 되었을까?

본색을 드러낸 그림자는 적당할 정도의 중키에 회색
장포를 걸치고, 하얀 얼굴이 이색적인 미남자였다. 기이
할 정도로 하얀 피부 때문인지 겉으로 보기엔 무공 따윈
익히지 않은 백면서생 같았다.

그리고 또 한 가지 특징적인 점!

소수(素手).

뼈가 드러날 정도로 하얀 손이었다. 남자답지 않게 섬
세하고 예쁜 그의 소수는 현재 기묘한 광채를 발산하고
있었다. 마치 스스로 빛을 발하는 야명주(夜明珠)를 방불

케 한다.

'심상치 않다! 이런 손을 가진 사람에 대한 얘길 과거 들어본 적이 있었던 것 같은데…….'

신려는 내심 이맛살을 찡그려 보였다. 무당파의 선배 고수들 중 식견이 탁월한 몇 명에게 들었던 비슷한 종류의 마공(魔功)이 떠올랐기 때문이다.

한데 그때였다.

스윽!

문득 한 쌍의 소수를 들어 올린 회의 미남자가 번개같이 앞으로 파고들어왔다.

목표는 두 여인 모두!

"조심하세요!"

신려가 황조경에게 버럭 소리 지르며 수중의 검을 휘둘렀다. 그녀의 성명절기인 양의진무검의 절초를 펼쳐낸 것이다.

그러나 이게 어찌 된 일인가!

카캉!

순간 신려의 코앞까지 도달한 회의 미남자가 소수를 휘두르자 백색 뇌광과 함께 검이 날아올랐다. 충분할 정도로 자신의 검에 양의진무검의 내력을 두르고 있던 신려로선 당황하지 않을 수 없었다. 부드러움으로 강함을 제압하는 걸 기본으로 하는 무당검학의 특성상 이런 일을 당해본 적이 없었기 때문이다.

그러자 황조경이 나섰다.

스파팟!

그녀는 거의 막무가내로 어장검을 앞세워 회의 미남자의 허리를 찔러 들어갔다. 십만 냥짜리 보검의 예기에 자신과 신려의 목숨을 한꺼번에 건 일격이었다.

팍!

예전처럼 쉽진 않았다.

회의 미남자의 소수가 다시 빛을 발한 순간, 황조경의 손에 들려 있던 어장검이 사라졌다. 공수탈검의 수법으로 어장검을 빼앗아버린 것이다.

게다가 그것만으로 끝이 아니었다.

"으읔!"

"우욱!"

연달아 회의 미남자의 소수에서 일어난 뇌광을 맞상대한 신려와 황조경이 모두 내상을 당했다. 비명과 함께 핏물이 흘러나오고 있었다. 꽤나 중상을 당한 듯싶다.

씨익!

회의 미남자가 미소 지었다.

얇은 입술의 한쪽 끝이 위로 살짝 치켜 올라갔다.

저벅!

그와 함께 회의 미남자가 앞으로 한 걸음 내딛자 신려와 황조경이 자신들도 모르게 뒤로 물러섰다. 회의 미남자에게서 일어난 강력한 압박감에 감히 상대할 엄두조차 낼 수 없었던 것이다.

한데 다시 소수를 들어 예의 뇌광을 일으키려던 회의 미남자의 안색이 가볍게 변했다. 입가에 매달려 있던 미소 역시 사라졌다.

그리고 흘러나온 나직한 한마디.

"……재밌군."

그것으로 끝이었다. 상황 종결이었다.

슥!

회의 미남자가 신려와 황조경을 한 차례씩 일별하고 신형을 공중으로 띄워 올렸다. 다시 예의 그림자로 돌아간 채로 그리했다.

털썩! 털썩!

누가 먼저랄 것 없이 신려와 황조경이 바닥에 주저앉았다.

회의 미남자가 펼친 소수에서 일어난 뇌광!

단숨에 두 여인의 무공을 무력화 시켰다. 만약 다시 한 차례 그녀들에게 펼쳐졌다면 결코 죽음을 피하지 못했으리라.

*   *   *

<u>스으으!</u>

특유의 기괴한 그림자가 되어 취운장을 벗어난 회의 미남자가 뚝 떨어지듯 바닥에 내려섰다.

강시(殭屍)를 닮았달까?

꽤나 높은 곳에서 떨어져 내렸음에도 회의 미남자는 중간에 회전을 한다거나 무릎을 굽히는 동작조차 하지 않았다. 흡사 땅속 깊숙이 쐐기가 되어 박혀 들어가려는 듯 맹렬한 기세로 떨어져 내렸다.

아니다.

회의 미남자는 쐐기가 되지 않았다.

떨어져 내린 속도나 맹렬해 보이던 기세와 달리 지축에 내려선 그의 신형은 미세한 기척조차 내지 않았다. 흡사 깃털이 하늘에서 떨어져 내린 것이나 다름없었다.

그런 그의 앞.

얼마 전 신려, 황조경의 뒤를 쫓아 산중루를 빠져나온 적천경이 멸천뇌운검을 빼 들고 서 있었다.

― 월하검객도(月下劍客圖)!

흡사 그림으로 그려놓은 것 같았다.

한 명의 검객이 녹슨 검을 빼 든 채 하늘의 달빛을 바라보고 있는 모습이 꼭 그래 보였다. 어찌 보면 적천경이란 사내를 중심으로 세상이 정지해 있는 것 같기도 하다.

회의 미남자는 동의하지 않았다.

'흥! 건방진 놈!'

내심 코웃음을 친 회의 미남자가 소수를 들어 올렸다.

파지직!

그러자 그의 소수에서 예의 뇌광이 다시 나타났다. 방금 전 신려와 황조경을 동시에 제압했던 위력, 그대로 적천경 앞에 모습을 드러낸 것이다.

그러나 여전히 미동조차 보이지 않는 적천경.

생사를 도외시하려 함인가?

'어디까지 그럴 수 있는지 보자!'

회의 미남자가 눈에 시퍼런 살기를 담은 채 적천경을 향해 소수에서 회오리치던 뇌광을 쏟아 냈다.

번쩍!

뇌광이 적천경을 직격했다.

순간적으로 그의 몸을 일도양단하듯 뇌기로 쪼개냈다.

분명 그렇게 보였다.

스으!

한데 회의 미남자는 어느새 옆으로 신형을 이동시키고 있었다. 여태까지와는 달리 대여섯 개의 환영(幻影)이 나타날 정도의 고속 이동이다.

번쩍! 번쩍!

그와 함께 뇌광 역시 연달아 모습을 드러낸다. 대여섯 개로 나뉜 환영이 적천경의 주변을 빙글거리며 돌면서 각자 한 개씩의 뇌광을 만들어 내고 있었다. 여전히 석상처럼 움직임이 없는 그를 무자비하게 두들겨 패려 했다.

아니다.

그런 일은 일어나지 않았다.

'검을 중심으로 공간이 왜곡된다! 호신강기를 펼친 것도 아닌데 도대체 이게 어찌 된 일이지?'

회의 미남자는 내심 경악했다.

현재 그가 펼치고 있는 건 신행마영보(神行魔影步)로 신마혈뢰공과 함께 신마혈맹을 대표하는 삼대마공 중 하나였다. 신마혈천제의 성명절학인 혈무파천공(血霧破天功)을 제외하면 마도에서 감히 비견할 만한 마공을 찾을 수 없을 정도의 위력을 지니고 있었다.

당연히 회의 미남자는 자신 있었다.

신마혈맹을 대표하는 양대 마공을 익히고, 얼마 전 환골탈태(換骨奪胎)까지 하게 되었다.

몸 안에 깃든 막강한 내력!

강대하고 압도적인 위력의 마공!

이 두 가지를 동시에 지니게 된 터에 세상을 오시하게 된 건 지극히 당연한 일이었다. 젊은 층 중에선 어떤 자도 감히 자신의 상대가 되지 않으리라 생각했다.

그런데 지금 이 순간, 그의 자신감은 적천경을 앞에 두고 사상누각(砂上樓閣)처럼 위태로웠다. 당장이라도 허물어질 것 같았다.

여전히 아무런 움직임도 보이지 않는 적천경!

그가 아무렇게나 내뻗은 멸천뇌운검은 일종의 검권(劍圈)을 이루고 있었다. 눈에 보이지 않는 검기를 층층이 쌓아서 주변에 검막(劍幕)을 만들어서 어떤 종류의 공격도 침투하지 못하게 만들어 놓은 것이다.

— **도산검림(刀山劍林)!**

그게 적천경의 주변을 도는 동안 회의 미남자가 맞닥뜨린 현실이었다. 신행마영보와 신마혈뢰공을 동시에 펼치고도 감히 적천경의 곁에 근접할 수조차 없었다. 흡사 수천 개가 넘는 검이 자신을 향해 날아드는 듯한 공포감에 스스로 공격을 포기하게 된 때문이었다.

심마(心魔)?

마공을 익힌 마인들이 극마지경(剋魔之境)에 도달하기 전 겪는다는 현상에 빠진 것일까? 환골탈태를 하자마자 그런 말도 안 되는 상황을 만나고 말았다는 건가?

점차 가중되어 가는 공포감 속에서 회의 미남자는 계속 염두를 굴렸다. 그렇게라도 하지 않고선 미쳐버릴 것 같았다. 자신의 모든 것이 소멸해 버린 듯했다.

아니다.

그럴 수는 없었다.

'곽채산아! 곽채산아! 네가 어떻게 이 자리까지 오게 되었는데, 어찌 이러는 것이냐!'

회의 미남자가 내심 버럭 소리 질렀다.

곽채산!

무당산의 금마옥을 빠져나오며 내심 지워 버렸던 자신의 진명(眞名)을 부르짖으며 이를 악물었다.

우뚝!

그리고 그는 신행마영보를 펼치길 그만 뒀다.

당장이라도 칼로 된 산과 검으로 된 숲에 내동댕이쳐질 것 같은 공포심에 정면으로 부딪치기로 한 거다. 죽음을 각오하고서 말이다.

팟!

그러자 처음으로 적천경의 멸천뇌운검이 움직임을 보였다.

위에서 아래로…….

영원인 듯 느리고, 찰라처럼 빠르게…….

곽채산은 자신을 향해 똑바로 날아든 검날을 향해 소수를 내뻗었다.

— 신마혈뢰공 일초 소수백광(素手白光)!

가장 단순한 초식.

그럼에도 불구하고 살상력 면에서 최고의 초식.

소수백광의 백색 뇌광이 멸천뇌운검과 정면으로 부딪쳤다. 여태까지 신행마영보를 펼치며 만들어 내기만 했던 뇌광을 처음으로 쏟아낸 것이다.

카캉!

쇳소리가 났다.

혈육으로 된 인간의 손과 쇠붙이인 검이 부딪쳤음에도.

팟!

그 순간 깨져 버린 검권.

멸천뇌운검과의 일체감이 깨진 적천경의 시선이 처음으로 곽채산을 바라봤다.

생경한 얼굴.

한데, 묘하게 익숙하다.

그래서 그는 자신도 모르게 멸천뇌운검을 거둬들였다.

— 검아무애도(劍我無涯道)!

호검팔연식 중 아직 완성하지 못한 후삼식 중 일초식의 흐름을 억지로 비껴냈다. 곽채산의 신마혈뢰공이 담긴 소수를 비껴내고, 그의 인중을 향해 파고들던 멸천뇌운검을 옆으로 흘러가게 만든 것이다.

파스스!

그러자 기다렸다는 듯 위력을 발휘한 뇌광!

순간, 적천경의 옆구리 부근으로 하얀 번개가 스쳐 지나갔다. 간발의 차로 복부를 박살 내는 대신 옆구리 부근에 번개 모양의 화인을 새겨 넣었다.

"……."

"……."

단 일초식의 대결!

잠시 서로를 기묘한 눈빛으로 살펴보던 적천경과 곽채산이 누가 먼저랄 것 없이 뒤로 신형을 물렸다.

이어진 잠시간의 침묵.

슥!

적천경이 멸천뇌운검을 거둬들이자 곽채산 역시 자신의 양손에 가득 담아놨던 신마혈뢰공을 잠재웠다. 언제 목숨을 걸고 싸웠냐는 듯 두 사람에게선 한 점의 살기도 찾아볼 수 없었다. 마치 애초부터 싸움 따윈 벌어지지 않았던 듯싶다.

잠시뿐이다.

적천경이 검갑을 손가락으로 한 차례 어루만지고 먼저 침묵을 깼다.

"혹시 경산(京山)을 아시오?"

'경산……'

곽채산의 눈이 커졌다.

경산.

이름같이 큰 산은 아니었다.

그러나 어린 시절 곽채산에겐 그보다 더 큰 산은 존재하지 않았다. 고향을 떠난 후 간간이 꿈에서 떠올리곤 했을 만큼 그러했다.

마찬가지로 그의 하나밖에 없는 친구에게도 경산은 같

은 의미로 존재할 터였다. 어린 시절, 코를 찔찔 흘리며 곽채산의 뒤를 쫓아서 닭을 훔치고, 콩을 서리하던 시절의 적천경에겐 말이다.

'……천경! 역시 네놈이었더냐!'

곽채산이 적천경을 타는 듯한 시선으로 바라봤다.

과거 삼류무사로 강호를 전전하던 때의 폭호검 곽채산과 현재의 그는 완전히 다른 사람이었다. 무당산 금마옥 시절, 모진 고문과 부상 후유증으로 인해 추악한 외모를 한 꼽추가 되었다가 환골탈태한 상황이었기 때문이다.

그래서 곽채산은 무의식중에 살수를 거둬들였다.

적천경이 검아무애도를 비껴낸 순간 드러난 허점을 외면했다. 자신도 모르게 손속에 사정을 둔 것이다.

이는 금마옥에 감금당한 후 처음 있는 일이었다.

자신의 의지와는 관계없이 마인으로 분류된 후 그는 철저히 운명에 순응했다. 사부 적사멸왕 사백령의 눈 밖에 나지 않기 위해 어떤 금마옥의 마인보다 훨씬 잔혹하고, 악랄하고, 비열한 삶을 영위해 왔기 때문이다.

'그런데 천경, 네놈은 하나도 변함이 없구나! 헤어질 때와 전혀 변함이 없는 눈빛을 한 채 날 바라보고 있어…….'

심부 깊숙한 곳에서 울컥하는 감정이 치솟아올랐다.

전장의 한복판.

함께 의지하고 있던 악귀의 세상에서 자신을 버리고 홀로 떠났던 적천경이 떠올랐기 때문이다.

잠시뿐이다.

곧 곽채산의 눈에 맴돌고 있던 격동의 기운이 사라졌다. 울컥했던 심사 역시 차갑게 가라앉았다.

스으!

그의 신형이 적천경에게서 멀어졌다. 다시 신행마영보를 펼쳐서 순식간에 떠나가 버린 것이다.

'분명 낯이 익은 눈빛이었다……'

적천경이 뇌까림과 함께 내심 눈살을 찌푸렸다.

경산을 언급했을 때.

분명 느꼈다.

곽채산의 눈빛이 크게 흔들리는 것을.

그리고 그 순간, 오래전 헤어진 친구의 얼굴이 겹쳐 보였다.

분명 다른 얼굴인데…….

비슷한 점 하나 없는 얼굴인데…….

묘하게도 친구 곽채산이 떠올랐다. 그의 향기를 느꼈다. 특히 자신을 향해 격정을 드러냈던 눈빛이 그러했다.

하지만 그렇다면 곽채산은 어째서 자신을 외면한 것일

까?

아니, 그보다 어째서 완전히 달라진 모습을 한 채 자신에게 살수를 펼쳤던 것일까?

연달아 떠오른 의문에 적천경이 고개를 가로저었다. 혼란스러운 마음에 심사가 흐트러진 것이다.

그때 멀리서 삼경을 알리는 타종 소리가 들려왔다.

그야말로 야반삼경이다.

'흠. 일단은 내가 늦지 않게 그를 불러내서 두 사람이 큰 부상을 당하지 않게 한 걸로 만족해야 하려나?'

문득 기감을 확장시켜서 취운장 내부를 살핀 적천경이 내심 고개를 끄덕였다.

그는 신려와 황조경의 뒤를 몰래 따라서 취운장 부근까지 왔다가 강렬한 마기를 감지했다. 과거 신마혈맹 총단을 치러 갔을 때 이후 접한 적이 없을 정도로 강력한 기운이었다. 그냥 두고 보고만 있을 순 없었다.

그래서 그는 취운장을 향해 검아무애도를 펼쳤다.

아직 완성시키지 못한 검초!

그냥 이론적으로만 구상해놨던 호검팔연식의 후삼초 중 하나를 발동시켰다. 무당산에서 장천사를 만난 후 얻은 심득이 없었다면 시도조차 못했을 터.

덕분에 취운장에 깃든 마기의 주인을 꼬셔낼 수 있었

다. 신려와 황조경을 늦지 않게 구원한 것이다. 현재로선 그것만으로 충분히 만족스러웠다. 아직까지는 말이다.

그때 취운장의 담을 뛰어 넘어오는 두 여인이 보였다.

이젠 슬슬 이 자리를 떠날 때였다.

산중루에서부터 몰래 뒤따라 온 걸 들키지 않으려면 말이다.

*　　　*　　　*

뎅뎅뎅!

멀리서 들려오는 타종 소리가 어느새 삼경이 끝나가고 있다는 걸 알려왔다.

적천경과 헤어져 항주 시내를 내달린 곽채산이 어둠이 깃든 고택의 담을 뛰어넘었다.

슥!

그가 고택의 너른 정원에 들어서자 정교하게 조성된 가산 앞을 서성이던 비대한 몸집의 사나이가 흠칫 놀란 표정이 되었다.

달빛을 받아 환하게 빛나는 민대머리.

극도로 어울리지 않는 화려한 황금 장포.

무림을 통틀어 이 같은 외양을 지닌 자는 단 한 명, 황금왕 황대구밖엔 없을 터였다.

"그대는……."

"본좌는 신마혈맹의 파천대주(破天隊主)다!"

"……파천대주?"

황대구가 두 겹으로 접혀 있는 턱살을 손가락으로 긁
적이며 눈살을 찌푸려 보였다.

— 신마혈맹!

과거 황대구가 재정을 담당했던 대마세였다.

당연히 그는 신마혈맹의 조직체계에 대해 손바닥 들여
다보듯 알고 있었다. 재정을 투입하는 자의 입장에서 손
익계산을 위해 투자 대상의 조직을 파악하는 건 기본 중
의 기본이었기 때문이다.

그런 그에게 파천대주란 직함은 무척 생소했다.

처음 들어본 명칭이었다.

'적사멸왕 사백령, 늙은 노마가 새로 만든 조직인가?
그렇다면 이 젊은 애송이는 그의 제자쯤 되겠군!'

내심 빠르게 염두를 굴린 황대구가 특유의 실눈을 반
달 모양으로 만들어 보였다.

"허허, 이거 마도에 새로운 영웅이 탄생했구료! 본왕

이 몰라봬서 미안하외다!"

"들었던 것처럼 넉살이 좋은 자로군. 준비하라고 명한
건 어떻게 되었지?"

'본좌, 본좌하는 건 그렇다 치고…… 어린 노무 녀석
의 말이 참 짧구나!'

황대구의 실눈에서 미세한 안광이 번뜩였다.

기련산을 헤매던 적천경을 처음 만났을 때를 제외하고
처음 보는 건방진 놈이란 생각이 들었다. 신마혈맹이나
적사멸왕 사백령과 관계가 없다면 몇 대 쥐어 패주고 싶
어질 정도였다.

그러나 그는 너구리들의 놀이터인 상계에서도 가장 노
련하다고 알려진 거상이었다. 사람을 상대함에 있어서
감정 따위를 앞세우는 인물이 아니었다.

곧 입가에 사람 좋은 미소를 만들어 보인 황대구가 손
을 비비며 말했다.

"허허, 젊은 영웅답게 성질이 급하시구료. 일단 본왕
에게 보여주실 것이 있지 않소이까?"

"이걸 말하는 것이냐?"

곽채산이 손을 한차례 뒤집어 보이자 예의 뇌광이 환
한 빛을 발했다.

"헉! 신마혈뢰공? 그렇다면 이번에 등천마선궁의 문을

연 자가 적사멸왕 사백령이 아니라 소영웅이란 것이외까?"

"그렇다! 본좌가 바로 신마혈천제의 당대 전인이다!"

"하, 하지만 본왕에게 연락을 한 사람은 적사멸왕 사백령이었는데……."

"사부님은 새롭게 탄생한 신마혈맹의 태상장로가 되셨다. 내가 혈무파천공을 완성할 때까지 신마혈맹의 내정을 맡으실 것이다."

"……아하!"

황대구가 탄성을 터뜨렸다. 이제야 상황이 어찌 돌아가는지를 알겠다는 표정이었다.

그러나 그는 곧 안색을 딱딱하게 굳혔다.

"하면 파천대주께 묻겠소이다. 항주에서 어떤 일을 벌이려 하시는 것이외까?"

"뻔하지 않느냐?"

곽채산이 어깨를 가볍게 추어보이고 눈에 살기를 담았다.

"축제에는 재를 뿌리는 게 마도의 오래된 관행! 역겨운 정파 놈들의 축제를 피바다로 만들 것이다!"

'역시 그런 용도였던 것인가!'

황대구가 내심 눈살을 찌푸렸다. 전대 황제의 밀명을

받고 참가한 신마혈맹과의 악연이 다시 시작되려 하고
있었다. 난감함을 느낄 수밖에 없었다.

잠시뿐이었다.

곧 아무렇지도 않은 표정을 지어 보인 황대구가 입가
에 사교적인 미소를 담은 채 말했다.

"파천대주께서는 염려하지 마십시오. 본왕의 명예를
걸고 준비는 수일 뒤까지 완료하겠습니다."

"명예가 아니라 목을 걸어야만 할 것이다!"

"목이라……."

황대구가 자신의 늘어진 목살을 손으로 슬쩍 매만지고
는 고개를 끄덕여 보였다.

"……걸지요! 걸겠습니다!"

"흥!"

황대구의 잇단 장담에 냉소를 던진 곽채산이 수중에
형성시켰던 뇌광을 그의 뒤에 위치한 가산에 집어던졌
다.

번쩍!

소수를 떠난 뇌광에 얻어맞은 가산이 맹렬한 굉음을
내며 쩍 갈라졌다.

흡사 하늘에서 떨어진 벼락을 맞은 형국!

'신마혈뢰공이 벌써 구성의 경지를 뛰어넘었구나! 어

린 나이에 이만한 성취를 이뤘다면 십 년 내에 신마혈천
제에 근접할 수도 있겠구나!'

황대구의 실눈이 연신 빛을 발했다.

곽채산의 놀라운 무공에 마음 한구석이 서늘해져 버렸
다.

그때 황대구에게 다시 한차례 냉소를 보인 곽채산이
하늘로 날아올랐다.

"명심해라! 네 목을 걸었다는걸……."

뒷말 전형적인 협박이었다.

시정의 삼류 잡배들의 것과 그리 다르지 않은 수법.

하나 황대구는 방금 전 신마혈천제 사후 자취를 감췄
던 신마혈맹의 삼대 마공을 목도했다.

그 위력은 마도 무림을 일통했던 자의 것답게 개세(蓋
世)적!

순식간에 하늘 저편으로 점으로 변해 버린 곽채산을
황대구는 한참 동안 바라봤다. 뭔가 생각에 잠겨서 밤의
한가운데에 서 있었다.

그 후 얼마나 지났을까?

밤의 한가운데서 길을 잃고 헤매던 황대구 뒤로 문득
작은 그림자 하나가 모습을 드러냈다. 부근에 몸을 은신

하고 있던 교령이었다.

슥!

황대구가 뒤도 돌아보지 않고 말했다.

"화악상단 쪽의 움직임은 어떻더냐?"

"부련주님의 움직임을 예의 주시하고 있는 것 같습니다."

"어째서 바로 움직임을 보이지 않는 것이지?"

"화산파의 옥봉황 유청려, 검각의 검봉황 남명주가 부련주님과 함께하고 있어서인 듯합니다."

"거기에 이번에 무당파의 신려도장까지 포함되었으니, 그놈들도 한동안은 손을 쓰기 쉽지 않겠군."

"그러리라 생각합니다만……."

"만?"

황대구가 장대한 몸을 슬쩍 틀어 보이자 교령이 눈을 빛내며 말했다.

"……정천맹의 비선조직인 흑암사(黑暗射)가 움직이기 시작했습니다."

"정천맹주의 명으로?"

"그런 것 같습니다."

"목적은?"

"현재까진 미신 당세령과 관계된 것 같습니다."

"그렇다는 건 호검관주에게도 흑암사의 검은 화살이 달라붙었다는 것이겠군?"

"충분히 가능성 있는 일이라고 생각합니다."

"흠."

황대구가 다시 턱 밑 살을 어루만졌다.

근래 그의 가장 큰 고민은 방금 전 만남을 가졌던 신마혈맹의 파천대주 곽채산이었다. 얼마 전까진 그의 사부이자 사도 최후의 거물이라 알려진 적사멸왕 사백령이었는데, 오늘로써 바뀌었다. 새롭게 모습을 드러낸 신마혈맹의 진짜 실권자가 곽채산임을 알게 되었기 때문이다.

그런데 갑자기 숨은 고민거리 중 하나인 정천맹주가 움직이기 시작했단다. 곽채산의 진짜 실력을 본 후 찾아온 두통이 더욱 심각해진 것이나 다름없었다. 그것도 두 배쯤 심하고 격렬하게 말이다.

꾹! 꾹!

황대구가 엄지손가락으로 관자놀이 부근을 몇 차례 눌렀다.

갑자기 찾아든 불청객!

그다지 친절하게 대할 생각은 없다.

'이렇게 되면 그야말로 항주풍운(杭州風雲)이 되는 셈인가?'

좋지 않다.

매우 안 좋은 흐름이다.

특히 상인에겐 말이다.

하지만 진짜 상인이라면 이런 최악의 상황에서도 수익을 남겨야만 한다. 그리고 거상, 그것도 천하에서 손꼽힐 진짜 커다란 상인이라면 대박을 노려야만 할 터였다. 그것도 여태까지 본 적이 없을 만큼 크게 말이다.

"교령, 현재 황금귀상련에서 장강이남으로 동원할 수 있는 의료, 토목, 식량 쪽 자원이 얼마나 되는지 당장 파악하거라!"

"예? 그러면 여태까지 하고 있던 일은……."

"이번 건은 여태까지 내린 모든 명령에 우선한다!"

"……예."

"그리고 부련주에게 따로 연락을 넣어서 네 밀명을 전달하도록 하거라!"

"……."

호검관주 적천경에게 간 딸 황조경과 항상 거리를 둬왔던 황대구였다.

이유는 뻔하다.

그는 자신을 그다지 좋아하지 않는 적천경과 황조경 사이에 걸림돌이 되지 않고자 했다. 그만큼 두 사람의 사이가 좋아지는데 신경을 썼던 것이다.

그런데 갑자기 황조경에게 밀명을 전달하란다.

자칫 잘못하면 여태까지 들였던 공이 공염불이 될 수도 있는 상황에서 말이다.

'생각했던 것보다 문제가 클 수도 있겠구나! 그게 뭔지는 잘 모르겠지만……'

내심 눈을 빛내는 교령을 향해 황대구가 말했다.

"대답은?"

교령이 얼른 고개를 숙이며 복명했다.

"존명!"

"좋아."

황대구가 교령에게 한차례 고개를 끄덕여 보이고 안채 쪽으로 천천히 걸음을 옮겼다.

겉모습처럼 느긋하고 묵직한 발걸음.

하나 그의 머릿속은 어느 때보다 복잡하게 움직이고 있을 터였다. 자신 자신의 영달과 평생 일구어온 황금귀 상련의 존속을 위해서 말이다.

*　　　*　　　*

천하제일영웅대회!

본선이 시작된 첫날부터 파란이 일어난 것에 비해 이후의 대회 진행은 평범했다. 그 후 며칠 간 더 이상 놀라운 대결이나 승부는 일어나지 않았다.

예선부터 좋은 평가를 받아 이품패를 지닌 자나 일품패를 지닌 명성 높은 후기지수가 대부분 승리를 쟁취했다. 가끔 간발의 차로 예상을 벗어난 승리자가 나타나긴 했으나 납득키 어려울 정도는 아니었다.

　— 충분히 그럴 수도 있겠다!
　— 저렇게도 승부가 날 수 있겠구나!

하며 군중들이 고개를 끄덕이게 하는 승부가 대부분이었다. 압도적인 무공 격차가 존재하지 않는 후기지수끼리의 대결이었다. 꽤나 여러 가지 요소가 승패에 영향을 미칠 수 있다는 건 무림에서 살아가는 강호인이라면 누구나 알고 있는 일이었다.

게다가 그런 예상 밖의 승부도 결국 예측범위를 벗어나 있는 자들의 몫이었다. 즉, 우승 후보로 손꼽히는 자들에겐 아예 그런 일 자체가 벌어지지 않았다.

그럴 수밖에 없다.

그게 바로 역대 천하제일영웅대회의 흐름이었다.

애초에 우승 후보나 명문정파의 적전제자들은 처음부터 맞붙게 하지 않았다. 그들끼리 맞붙는 건 최소한 십육강 이상부터라는 게 일종의 관례였다.

하지만 그것도 대회 사흘째까지의 일이었다.

대회 나흘째.

드디어 지루하던 천하제일영웅대회에 새로운 파란이 등장했다. 세인들의 이목을 집중시키는 자들이 모습을 드러냈고, 파격에 가까운 승부가 펼쳐진 것이다.

본선에서 연속 세 번을 악전고투 끝에 승리한 해남파 (海南派) 출신의 제공산과 이품패를 지니고, 두 번째 날부터 독특한 승리를 거둔 적천경이 바로 그 주인공들이었다.

멀리 대륙의 남쪽 끝 바닷가에 위치했다는 해남파!

해적들의 소굴이란 소문이 흉흉한 그곳의 제자를 자처하고 나선 제공산의 검은 거칠었다. 중원의 명문검파의 검법과는 달리 단순하고, 변화가 적은 검초로 몇 번이나 본선에서 패배 바로 직전까지 몰리곤 했다. 그만큼 그가 상대한 세 명의 상대는 결코 약한 자들이 아니었다.

하나 그는 번번이 이겼다.

몸에 몇 군데나 상처를 입어가면서 동귀어진에 가까운 검초로 끝내 승패를 결정짓곤 했다. 그리고 대회 나흘째

벌어진 삼십이강전 때 그는 천하제일영웅대회 최고 파란
의 주인공이 되었다.

**— 삼룡사봉 중 일인! 천하제일대방(天下第一大幫) 개
방의 후개(後丐)!**

누가 뭐래도 이번 천하제일영웅대회의 우승 후보 중
한 명인 개룡(丐龍) 무진등을 그는 이겼다.

혈투였다.

앞서의 대결은 비교도 되지 않을 정도로 제공산은 많
은 상처를 입었다. 무진등의 팔비신검법에 거의 어깨를
잃어버릴 뻔했다. 그 정도로 압도적으로 밀렸고, 비무대
에서 두 사람의 대결을 지켜보던 모든 사람들이 무진등
의 승리를 의심치 않았다.

그런데 갑자기 놀라운 일이 벌어졌다. 어깨에 일검을
맞고 바닥에 주저앉았던 제공산이 뒤로 천천히 물러서던
무진등에게 벼락같은 공격을 가한 것이다.

승패가 끝났다는 섣부른 판단!

쓰러진 제공산에게 최후의 일격을 가하지 않은 오만!

그 모든 것을 뛰어넘는 정파인으로서의 자비로 인해
무진등은 제공산에게 패배해야만 했다. 그의 흉포한 일

검에 옆구리를 길게 베여서 항거불능의 상태가 되어 버렸다.

당연히 그로 인해 제공산은 희대의 악당이 되었다.

비무대 주변에서 두 사람의 대결을 지켜봤던 모든 사람이 그에게 분노했고, 화를 냈다. 그가 정당치 못한 방법으로 무진등의 승리를 빼앗아 갔다고 소리를 질러 댔다.

그러나 무진등은 힘겹게 일어나 자신의 패배를 인정했다. 그리고 제공산에게 좋은 가르침에 감사한다는 말을 남긴 후 비무대를 떠나갔다.

당금 무림 최고의 후기지수!

삼룡사봉 중 한 명이자 천하제일영웅대회의 우승 후보 한 명이 본선 삼십이강에서 떨어지는 대파란은 그렇게 벌어졌다. 후일 한 명의 신개(神丐)가 개방에서 나타날 것임을 알리는 전조와 더불어 말이다.

반면 두 번째 파란의 주인공인 적천경의 행보는 다소 평범했다.

그는 두 번째 날, 벽력권(霹靂拳) 사진평을 이겼고, 세 번째 날 역시 쉽사리 승리를 거뒀다. 본선 이틀째부터 만난 두 사람 모두 후기지수 중 이름 높은 사람들이었으나 적천경의 상대가 되지 못했다.

― 단 일다경!

두 사람을 이기는데 들인 시간이었다.

그는 먼저 상대방이 충분할 정도로 자신을 공격하게 놔둔 후 허점을 노려서 단 일초에 승부를 결착 지었다. 꼼꼼하게 그들의 무공 내력을 살핀 후 가장 취약한 부분을 공격했다. 공격당한 당사자가 확실하게 자신의 약점을 간파할 수 있게끔 말이다.

그래서 적천경에게 패한 두 사람은 하나같이 놀란 표정을 지어 보였다. 그리고 이해할 수 없다는 표정으로 적천경에게 질문을 던졌는데, 그때마다 그는 친절하게 대답해 줬다. 흡사 스승이 제자에게 무공을 가르치듯이 그들이 익힌 무공의 약점과 보완점을 자세히 설명해 준 것이다.

그야말로 무림에서 보기 드문 기사가 벌어진 셈!

그리고 본선 네 번째 날.

앞서 벌어진 대결에서 이미 십육강 중 열다섯 명이 결정되었을 때 적천경이 비무대에 올랐다. 맞은편에 또 다른 천하제일영웅대회의 우승 후보를 앞에 두고서 말이다.

8장

검이 있으면 사람이 있고,
검이 없으면 사람도 없다!

'여전히 훌륭하구나······.'

적천경은 눈앞에 검을 빼 든 채 서 있는 검봉황 남명주를 담담한 눈빛으로 바라봤다.

처음 봤을 때와는 달라진 모습이랄까?

남명주는 항상 얼굴을 가리고 있던 방립을 벗고, 긴 머리를 한 줄로 길게 땋아 내리고 있었다.

머리를 고정시킨 건 검박한 은채.

역시 특별한 구석이 전혀 보이지 않는 평범한 청의 무복 차림이나 특유의 단아한 미모를 가리진 못했다. 봉황이란 별호가 무색하지 않는 백합 같은 아름다움을 그대로 발산하고 있었다. 아무런 치장이나 화장을 하지 않은 모습이 더욱 그녀의 아름다움을 돋보이게 하는 듯했다.

물론 적천경은 남명주의 미모에 그다지 관심이 없었다.

그동안 그는 무수히 많은 미녀를 만났고, 인연을 맺었다.

특히 미신 당세령이나 창위 부영반 주약린 같은 절세미녀를 만나서 강렬한 유혹을 느끼기도 했다. 그만큼 여인의 아름다움이나 외모가 풍기는 매력에는 충분할 만큼 단련이 되어 있다고 할 수 있을 터였다.

하물며 눈앞의 남명주는 비록 아름답긴 하나 단지 그뿐이었다. 여인으로서의 매력 면에서 위의 두 절세미녀는 고사하고 같은 사봉에 포함되어 있는 옥봉황 유청려나 적봉황 황조경에 비할 바가 아니었다.

그러니 적천경이 감탄한 게 남명주의 미모가 아니란 건 자명한 터!

검기!

날카롭게 정련되고 벼려진 그녀의 검아일체(劍我一體)된 모습!

그게 바로 적천경의 눈길을 잡아끌었다.

처음, 루외루에서 만났을 때처럼.

아니다.

오히려 그사이 더욱 정진된 듯한 그녀의 검기에 관심이 갔다. 짧은 사이 어떤 기연을 만났길래 이런 진보를 이뤘는지 궁금했기 때문이다.

"남 소저, 축하드리겠소!"

"예?"

"그사이 무공이 증진을 이룬 걸 축하한다는 뜻이오."

"……."

남명주의 눈에 이채가 어렸다.

확실히 그녀는 근래 무공의 진보를 이뤘다. 적천경과 천룡 제갈무경의 무공을 접한 후 자신의 부족함을 느끼고, 사문인 검각에서 가져온 영단을 복용한 것이다.

— 검정(劍精)!

검각에서 검후로 내정된 제자에게 주어지는 일종의 성약으로 복용 시 내력을 삼십 년가량 증진시켜준다. 소림사의 대환단이나 무당파의 자소단에 버금가는 영약이라 할 수 있었다.

그러나 이 검정에는 한 가지 단점이 존재한다. 동정지신(童貞之身)의 금제가 바로 그것이었다. 일종의 동자공을 익히는 것과 같이 검정을 복용한 후에는 금욕해야만 일신의 내공을 유지할 수 있는 것이었다.

그래서 검각에서도 평생 처녀로 지낼 각오를 한 검후만이 검정을 복용하곤 했다. 자칫 잘못하여 순결을 잃어버리면 평생 동안 쌓은 내공을 잃어버릴 수 있어서였다.

당연히 남명주 역시 그 같은 검정 복용 시의 문제점을 알고 있었다. 검각을 떠날 때 검정을 받으며 세세히 얘기를 들었다. 잊어버릴 수 있을 리가 없었다.

'어차피 나는 나의 길을 정했다! 꼭 검후가 되고 싶진 않으나 평범한 여염집의 아낙이 되고프진 않다! 그리고 나에겐 이미…….'

문득 자매의 결의를 맺은 옥봉황 유청려의 청아한 얼굴을 떠올린 남명주의 입가에 미소가 떠올랐다. 어느 때보다 부드럽고 따뜻한 기운을 흘려낸 것이다.

잠시뿐이다.

곧 평상시대로 한 자루 칼날 같은 표정이 된 남명주가 적천경을 향해 정중하게 검례를 취해 보였다.

"은공, 미리 말씀드리겠습니다."

"……."

"검각의 제자 남명주는 오늘 은공에게 최선을 다할 작정입니다. 은공께서도 진심으로 자신의 검을 보여주셨으면 합니다!"

'진심으로 자신의 검을 보여달라…….'

적천경은 직감했다.

느낄 수 있었다.

검봉황 남명주의 결의를.

그리고 그녀가 한 말속에 담겨 있는 진의를.

"……그러겠소. 내 검을 남 소저에게 숨김없이 보여주도록 하겠소."

"감사합니다."

남명주가 다시 검례를 취해 보이고, 검각이 자랑하는 육형예장검의 기수식을 취해 보였다.

아니다.

곧 검초가 바뀌었다.

파파파파파팟!

순간적으로 적천경을 향해 옥죄어 오기 시작한 검기!

여섯 가지의 방향이다.

무형의 검기가 단숨에 적천경의 요혈 여섯 개를 노리며 파고들어왔다.

그 하나하나가 능히 검기점혈이 가능한 위력!

평범한 눈속임 초식이 아니었다.

어느 하나만 방치해도 당장 치명적인 피해를 입을 수

있는 살초였다. 기수식을 펼쳤다고 생각한 순간 바로 이런 절초로 적천경을 공격해 들어온 것이다.

그러나 적천경의 대응은 단순했다.

스윽!

그는 상체를 가볍게 옆으로 젖히는 것으로 육형예장검의 검초를 모조리 흘려보냈다. 여섯 개 방향에서 날아든 검기를 모조리 피해 버렸다.

분명 그렇게 보였다.

하나 그 순간 남명주의 육형예장검이 다시 변화를 일으켰다.

스파앗!

여섯 개의 검기!

그 사이를 뚫고 한가닥 찬연한 검기가 상체를 옆으로 젖힌 적천경에게 쇄도해 들어왔다. 그의 하단전을 단숨에 양단해 버릴 것 같은 패도적인 위세를 담고서 말이다.

흔들.

그러자 적천경이 다시 신형을 옆으로 이동시켰다.

이 역시 남명주의 찬연한 빛에 휩싸인 검기가 바로 코앞에까지 도달했을 때의 일이다.

아니다.

그것만으로 끝이 아니었다.

티잉!

적천경의 엄지손가락이 멸천뇌운검을 퉁겨 올렸다.

발검?

다르다.

적천경의 손은 멸천뇌운검의 검병을 잡지 않았다. 그냥 절반쯤 검갑에서 튀어나오게 했을 뿐이었다.

번쩍!

그것만으로 충분했다.

남명주의 육형예장검의 화려한 검초 변화를 무력화시키기에는.

"욱!"

뿐만 아니다.

어느새 적천경의 바로 지척까지 도달해 있던 남명주가 짧막한 신음과 함께 뒤로 황급히 물러섰다. 검갑에서 절반가량 빠져나온 멸천뇌운검에서 일어난 광채에 일시적으로 시력을 잃어버렸기 때문이다.

스스슥!

남명주는 뒤로 물러서면서도 방어를 잊지 않았다. 적천경을 공격하려했던 육형예장검의 검초 중 상당수를 자신의 방어에 사용했다. 검기를 이리저리 교차시켜서 일종의 검막을 만들어 냈다.

그러나 곧 남명주가 안색을 굳혔다.

'공격하지 않았다?'

황급히 만들어 낸 검막은 허무하게 허공중에 형성되었다가 사라졌다. 예상됐던 적천경의 반격이 없어서였다. 그냥 힘만 쓴 셈이 되어 버렸다.

"은공, 약속을 지키세요!"

"……."

남명주가 날카롭게 소리치며 검봉을 중단으로 세웠다.

찌르기?

그런 생각이 든 순간, 어느새 검초는 변화를 보이고 있었다. 적천경의 상반신이 아니라 하반신 쪽을 노리며 바닥을 빗자루로 쓸 듯이 휘저으며 파고들었다.

팟!

적천경이 그제야 검을 뽑아 들었다.

빙글!

회전을 보이는 멸천뇌운검!

방어?

아니다.

공격이었다.

스으 ― 팟!

적천경의 발끝이 처음으로 움직임을 보였다.

— 분뢰보 일보축지!

그리고 호검팔연식의 사일단심이다.

순간적으로 남명주의 바로 코앞까지 간격을 좁힌 적천경이 멸천뇌운검의 검파로 그녀의 복부를 찍었다. 앞선 두 차례의 대결처럼 줄곧 상대방의 공격을 지켜보다가 단 일격에 승패를 결정짓고자 했다.

그러나 남명주는 앞선 자들과 비교가 안 되는 고수였다.

하물며 검정까지 복용한 상태!

꿀렁!

적천경의 사일단심이 복부로 파고들자 그녀의 배가 옴폭 들어갔다. 흡사 적천경이 어떻게 공격할지 알고 있었던 것처럼 호신진기를 배에 집중하고 있었던 것이다.

"허!"

적천경이 탄성을 발했다.

"핫!"

남명주는 기합을 터뜨렸다.

우웅!

적천경과 멸천뇌운검을 동시에 반탄지기로 퉁겨낸 그

녀의 신형이 빙그르 회전했다.

흡사 춤을 추는 것처럼 유려한 자태!

아니다.

춤 따위가 아니었다.

살인을 위한 의식에 가까웠다.

패앵!

회전인 듯 보였던 남명주의 움직임을 따라 그녀의 육형예장검이 날카로운 변화를 보였다. 지척까지 이르렀다가 호신지기의 반탄력에 뒤로 퉁겨진 적천경의 미간 사이를 노리며 쏜살같이 검기가 파고들었다.

'미간살흔(眉間殺痕)!'

사부에게도 얘기로만 들었던 검각 최강의 살인검을 직감적으로 느낀 적천경이 기묘한 동작으로 발을 교차시켰다. 일보축지를 일보둔형으로 바꾼 것이다.

거기에 더해 반원을 그리며 회전한 멸천뇌운검.

군데군데 녹이 슨 폐검의 검날이 절묘하게도 남명주가 펼친 미간살흔의 옆면을 훑었다.

가각!

쇠와 쇠가 만나서 긁어내려가는 소리!

쾅!

이어 강렬한 폭발음과 함께 남명주의 신형이 비무대

밖으로 날아갔다. 적천경이 멸천뇌운검에 주입한 호검무봉의 검력(劍力)에 떠밀려 버렸기 때문이다.

휘리릭!

그러나 곧 상황이 일변했다.

막 비무대 밑으로 떨어져 내릴 것 같던 남명주가 절묘하게도 공중에서 신형을 회전시켰다. 공중제비로 호검무봉의 검력을 상쇄해서 비무대 밑으로 추락할 위기에서 벗어날 수 있었다.

그래도 역시 내상까지 피할 수는 없었던 것이리라!

가까스로 다시 비무대 끝자락에 내려선 남명주의 안색을 창백하게 질려 있었다. 입가에는 언뜻 핏물까지 비쳤다. 단 한 차례 검을 겨룬 것만으로 꽤나 심각한 내상을 입은 듯하다.

적천경이 말했다.

"남 소저, 계속할 생각이오?"

"물론입니다! 은공께서는 개의치 말고 공격하세요!"

'과연 검각의 제자로구나!'

적천경이 생긴 모습과 달리 강건한 남명주의 태도에 내심 고개를 끄덕였다. 과거 사부를 괴롭혔던 문파 중 검각이 포함되어 있는 이유를 비로소 알 것 같았다.

그러니 더 이상 승부를 끄는 건 도리가 아닐 터.

내심 눈을 빛낸 적천경이 다시 일보축지를 펼쳐서 남명주에게 다가가 손가락으로 연환검영세를 전개했다.

곧게 뻗은 식지!

그곳에 검기를 담아서 연속적으로 그림자를 중첩시켰다.

따다다다당!

적천경이 노린 건 남명주의 검이었다.

여전히 중단세를 유지하고 있던 그녀의 검면을 연환검영세로 맹렬히 두들겨 댔다. 연속된 충격으로 검을 붉게 달아오르게 하고, 손의 악력(握力)에 타격을 입혀서 근육 자체를 파열시켜 버렸다.

"악!"

남명주가 비명과 함께 검을 놓쳤다.

부들! 부들!

그리고 미세하게 떨리기 시작한 손.

슥!

그녀의 손이 한동안 검을 쥘 수 없게 되었음을 확인한 적천경이 그제야 뒤로 물러섰다. 제아무리 검의 화신이라 불리는 검각의 검객이라해도 이런 상황에서는 패배를 인정할 수밖에 없었다. 생사의 결전이 아니니까 말이다.

"……."

남명주는 적천경의 내심을 대번에 눈치챘다.

분함? 노여움?

그런 것보다 그녀는 감탄을 느꼈다.

— 검각에서 처음으로 자신의 검을 받던 날!

그 차디찬 겨울날을 그녀는 기억하고 있었다. 자신에
게 진검을 내주며 사부는 말했었다. 검이 있으면 사람이
있고, 검이 없으면 사람도 없다고 말이다.

그래서 검과 자신을 일체화한 나날을 보냈다.

어떤 상황에서도 결코 검을 포기할 생각이 없었다. 설
사 그로 인해 자신이 죽는다 해도.

한데 적천경은 그런 그녀의 결심을 너무나 간단히 포
기하게 만들었다. 압도적인 무위로 연속된 살초를 피하
고는 동귀어진을 각오한 그녀의 손에서 검을 떨궈버렸
다. 마치 어떠한 짓을 하더라도 자신을 이길 수는 없다는
걸 확인이라도 시켜주려는 것처럼 그리했다.

슥!

그때 잠시 넋을 놓고 있던 남명주가 아직 망가지지 않
은 왼손으로 자신의 목젖을 찔러갔다.

검이 있으면 사람이 있고, 검이 없으면 사람도 없는

법!

검을 잃어버렸으니 남명주 역시 존재할 이유가 없었다. 그런 마음가짐으로 사부의 가르침을 따르려 했다.

하나 그때 적천경이 다시 손을 썼다.

팟!

그의 식지가 남명주의 왼손을 낚아챘다. 그녀의 손이 목젖을 꿰뚫기 직전에 그리했다.

부르르!

이번에는 남명주의 몸 전체가 떨림을 보였다. 자연스럽게 일어난 검정의 내력이 적천경에게 저항했으나 의미 없는 몸부림이었다.

흡사 대해에 돌멩이 하나를 던진 것 같달까?

검정을 복용한 후 그녀의 내력은 크게 증진된 상태였으나 순식간에 적천경에게 제압되었다. 그의 손에서 일어난 노도와 같은 내력에 휩싸여서 내력 자체가 순식간에 흔적조차 남기지 못하고 소멸해 버렸다.

'어찌 이럴 수가……'

남명주가 당혹스러운 표정으로 적천경을 바라봤다. 그러자 그가 담담한 눈빛으로 말한다.

"오늘 남 소저가 내게 패한 건 잘못된 길로 들어섰기 때문이오."

"예?"

"검각의 검법은 검 그 자체의 힘에 의지하는 것이오. 내력의 고하에 있는 것이 아니고."

"……"

"그 도리를 깨닫게 되었을 때 남 소저는 육형예장검의 진정한 검의(劍意)를 얻을 수 있을 것이오."

'육형예장검의 진정한 검의를 얻을 수 있다고?'

남명주가 적천경을 멍한 표정으로 올려다봤다.

문득 그가 꽤나 크게 느껴졌다.

아주 옛날 처음으로 진검을 내주던 사부처럼 말이다.

슥!

그때 적천경이 남명주에게서 떨어졌다. 더 이상 그녀가 검각의 여느 제자들처럼 자진을 하진 않으리라 판단 내린 것이다.

*   *   *

삼십이강전이 모두 끝났다.

한낮, 비무대 주변을 잔뜩 달궜던 사람들의 열광이 사라진 정천맹의 연무장을 남명주는 홀로 서성이고 있었다.

그녀의 오른손.

어느새 깨끗한 붕대가 감겨져 있었다.

적천경과의 대결에서 오른손이 완전히 망가졌다. 한동안 검을 쥘 수조차 없을 터였다.

'나는 은공과 천룡 제갈 소협에게 이기기 위해서 검정을 복용했다. 검각을 나선 후 처음으로 내 검에 자신을 갖지 못하게 되었기 때문이다. 은공이 한 말은 바로 그걸 의미했던 것이었을까?'

검각의 검!

검 그 자체에 의지해야만 하는 검!

사부에게 처음으로 육형예장검을 전수받던 날 들었던 마음가짐이다. 까맣게 잊고 있던 말을 듣고 보니, 한낱 호승심으로 검정을 복용한 게 후회스러워졌다.

한데, 골똘한 생각에 잠겨 있던 남명주의 얼굴이 가볍게 붉어졌다. 자신을 향해 날듯이 다가오는 옥봉황 유청려를 발견했기 때문이다.

"명주 언니, 여기 있었군요!"

"청려 동생……."

남명주의 곁에 순식간에 다가든 유청려가 얼른 붕대가 감긴 그녀의 손을 잡았다.

"……아!"

"어멋! 아파요?"

"아니야! 아프지 않아! 전혀!"

남명주가 언제 비명을 질렀냐는 듯 강인한 표정으로 고개를 흔들어 보였다. 유청려의 옥같이 어여쁜 얼굴에 수심이 드리워지는 걸 보고 싶지 않아서였다.

그러자 유청려가 맑은 미소를 지어 보였다.

"그래도 다행이에요. 두 분 모두 크게 부상당하지 않아서."

'두 분 모두?'

"적 관주님이나 명주 언니는 모두 제게 소중한 분들이에요. 그래서 오늘 두 분이 대결을 벌일 때 혹시 크게 부상당하는 사람이 나올까 봐 무척 걱정했었답니다."

"애초에 나는 은공의 상대가 되지 않는 사람이야. 청려 동생의 걱정은 불필요한 것이었어."

"명주 언니는 강해요! 여태까지 내가 봐 온 어떤 후기지수와 비교해도 말예요!"

"하지만 은공과 비교하면……."

"적 관주님은 달라요! 우리 같은 후기지수와 비교해선 안 될 분이에요!"

"……."

뭔가를 알고 있는 것 같은 유청려의 말에 남명주의 표

정이 가볍게 변했다. 그녀와 의자매를 맺은 후 느낀 적이
없던 묘한 거리감을 느꼈기 때문이다.

그러자 유청려가 얼른 화제를 바꿨다.

"지금 루외루에 사람들이 잔뜩 모였어요! 취룡 진 소
협이 한턱을 내겠다고 하는데, 명주 언니도 가보지 않겠
어요?"

"은공도 함께하고 있는 거니?"

"……예."

유청려의 목소리가 기어 들어갔다. 남명주에게 자신의
은밀한 속내를 들켰다는 생각이 들었기 때문이다.

'하아! 청려 동생, 아직 은공을 포기하지 못했구
나…….'

내심 한숨을 내쉰 남명주가 천천히 고개를 끄덕여 보
였다. 그녀를 혼자 적천경이 있는 곳에 보내고 싶진 않았
다. 다른 어떤 사내와 마찬가지로 말이다.

"그래, 가자!"

"와앗!"

유청려가 환호성을 터뜨린 후 얼른 입을 손으로 막았
다. 오늘 너무 자주 속내를 들키고 있었다.

잠시 후.

두 여인이 루외루에 도착하자 기다렸다는 듯 두 명의 사내가 뛰어 나왔다. 나란히 삼십이강에서 떨어진 남궁성과 언지경이었다.

"두 분, 소저 어서 오십시오!"

"눈이 빠지게 기다리고 있었습니다! 다른 분들은 이미 자리를 잡고 기다린 지 오랩니다!"

"그렇게 말하면 마치 두 분, 소저가 약속 자리에 늦은 것 같잖은가!"

"아, 그런가요?"

남궁성의 타박에 언지경이 뒤통수를 긁적이며 실실 웃어 보였다.

눈앞에 있는 두 미녀.

루외루 안에 이미 들어가 있는 또 한 명의 미녀.

천하 후기지수들의 선망의 대상인 사봉 중 무려 세 명의 봉황과 함께하게 되었다. 즐거운 마음에 입이 헤 벌어진 것도 무리는 아닐 터였다.

'두 사람 모두 전혀 오늘 탈락한 사람 같지가 않네?'

'청려 동생한테 음탕한 마음을 품고 있는 건 아닐 테지? 만약 그렇다면 내 용서치 않을 것이야!'

유청려와 남명주가 각기 눈을 빛내고, 두 사람의 안내를 받아 루외루로 들어갔다.

한데 네 사람이 삼 층에 위치한 루외루의 상방으로 향할 때였다.

팅!

가장 앞에 서 있던 남궁성을 향해 젓가락 하나가 날아들었다.

공기를 찢어발기는 소음!

그보다 먼저 움직인 젓가락은 단숨에 남궁성의 바로 코앞까지 도달해 있었다.

"헉!"

남궁성이 비명을 터뜨렸다. 이런 기습을 당하리라곤 상상조차 못했기 때문이다.

그러나 그 순간, 남명주의 검이 움직였다.

스파앗!

언제 발검한 것인지 그녀의 검은 정확하게 젓가락을 양단했다.

마치 처음부터 이런 일이 벌어질 줄 알았던 것 같다.

그만큼 깔끔한 일격이었다.

슥!

그리고 그녀는 자연스럽게 유청려의 앞을 가로막아 섰다. 혹여라도 또 다른 기습이 있을 것에 대한 대비였다.

'굉장한 내력이 담긴 젓가락이었다! 이만한 내력을 지

닌 고수가 무슨 이유로 암습 따윌 가한 걸까?'

남명주가 내심 생각에 잠겨 있을 때였다.

저벅! 저벅!

그들이 오르던 계단 쪽으로 한 명의 미공자가 모습을 드러냈다.

옥처럼 하얀 얼굴.

섬세하고 유려한 이목구비.

다소 작아 보이는 키가 흠이긴 하나 하얀 비단으로 된 무복 차림에 한 손엔 섭선을 든 모습이 그야말로 군계일 학(群鷄一鶴)이라 할 법하다.

단언컨대 군계 중 하나로 격하된 남궁성이 노한 표정으로 외쳤다.

"나는 남궁세가의 남궁성이다! 어떤 자이기에 이런 저급한 암습을 가하는 것이냐?"

"남궁세가의 자제?"

"그렇다! 나는……."

"남궁세가도 끝났군. 제대로 된 창궁무애검법조차 익히지 못한 자손을 무림에 돌아다니게 하고 있다니 말야."

"……감히!"

남궁성이 버럭 노성을 터뜨리며 검을 뽑고 백의 미공자에게 달려들려 했다.

근래 몰락했긴 하나 과거 당당한 오대세가의 일원!

특히 창궁무애검법은 천하십대검법의 반열에 올라 있는 절학 중 하나였다. 그런 가문의 무공을 제대로 익히지 못했다는 지적을 당하자 그냥 참아 넘길 수 없었다. 특히 내심 마음을 두고 있는 두 명의 봉황 앞에선 말이다.

그러나 그가 막 백의 미공자에게 공격을 가하려 할 때였다.

파팟!

어느새 백의 미공자는 그의 지척까지 도달해 있었다. 그리고 섬섬옥수라 할 수 있는 손으로 완맥을 때리자 감당해 낼 재간이 없었다.

"크헉!"

남궁성이 다시 비명을 터뜨렸다. 완맥을 얻어맞고 반신에 마비를 느낀 순간 자신의 검을 빼앗겼다. 백의 미공자에게 제대로 된 공격조차 하지 못하고 공수탈검을 당하고 만 것이다.

그것만으로 끝일 리 없다.

퍽!

어느새 그에게서 떨어져 나온 백의 미공자가 언지경의 허벅지를 걷어차고 공중으로 날아올랐다.

"커헉!"

그리고 뒤늦게 터져 나온 언지경의 비명과 함께 신형을 회전하며 신검합일을 한 채 남명주에게 떨어져 내렸다.

눈부신 검광!

일시 눈을 어지럽게 한다.

남궁성의 검이 백열되듯 하얀 광채로 휩싸인 것이다.

'검강(劍罡)?'

남명주가 내심 긴장한 채 육형예장검의 절초를 펼쳐서 자신과 유청려를 동시에 방어했다. 검기를 실처럼 뽑아내서 수십 가닥을 베틀처럼 교차시켰다. 그렇게 검강으로 보이는 백의 미공자가 만들어 낸 일격과의 충돌에 대비했다.

슥!

그러나 그 순간, 백의 미공자가 거짓말처럼 시야 속에서 사라졌다. 언제 남명주를 죽일 듯이 달려들었냐는 듯 기묘한 동작으로 신형을 회전시키며 뒤로 물러섰다.

'진짜 고수로구나!'

남명주가 새삼스레 백의 미공자에게 감탄했다.

검각을 떠난 이후 꽤나 많은 비무를 경험했으나 눈앞의 백의 미공자같이 오고 감이 자연스러운 자는 거의 본 적이 없었다. 오늘 자신을 패배시킨 적천경을 제외하곤 말이다.

그때 뒤로 물러나 수중의 검을 남궁성에게 던져 준 백의 미공자가 남명주에게 말했다.

"검각의 육형예장검은 여전히 살아 있는 것 같아서 다행이로군. 당신이 검각의 당대 검후 후보자라는 검봉황인가?"

"맞아요! 명주 언니가 검봉황이에요! 그리고 저는 화산파의 유청려라 해요!"

"옥봉황?"

백의 미공자가 그제야 유청려에게 시선을 던지곤 입가에 기묘한 미소를 매달았다.

"이것도 인연이라면 인연인가?"

"뭐가 인연이란 거죠?"

"뭐, 됐고!"

유청려의 질문을 단칼에 잘라 버린 백의 미공자가 흑백이 또렷한 시선을 상방 쪽으로 던졌다.

"언제나처럼 행동이 느리군. 적 관주?"

"언제나처럼 무례한 사람이 할 말은 아닌 것 같소만?"

"무례?"

백의 미공자가 막 상방 쪽에서 걸어 나온 적천경을 향해 다시 미소 지었다.

"내게 그런 말을 하다가 호검관을 잃어버린 걸로 아는데? 다시 같은 일을 당하고 싶은 건가?"

"……."

적천경이 백의 미공자를 서늘하게 바라봤다.

호검관을 공격한 자들!

다름 아닌 북경거상회였다. 하나 그들이 호검관에 관심을 품게 된 건 어디까지나 창위 때문!

그러니 엄밀히 말해 눈앞에 서 있는 전 창위 부영반 주약린이야말로 진짜 원흉이라 할 수 있었다. 그녀가 아니었으면 북경거상회가 시골의 작은 무관 따위에 관심을 품을 이유가 없었을 테니까 말이다.

하지만 무당산에서부터 주약린과 몇 차례나 맞선 적이 있던 적천경이었다. 나현을 통해 그녀가 고양이가 쥐를 가지고 놀 듯 사람을 희롱하는 걸 즐긴다는 걸 익히 알고 있었다.

'하지만 항상 거기에는 납득할 만한 이유가 있었다고 했다. 어떤 경우에든……..'

내심 염두를 굴린 적천경이 담담하게 말했다.

"원하는 바를 말하시오!"

"축객령인가?"

"그렇소."

"후회할 텐데?"

"원하는 바를 말하라고 했소!"

다시 적천경이 강경하게 말하자 주약린의 아름다운 미목에 얼핏 붉은 기운이 스쳐 갔다. 태어날 때부터 타고난 광기가 머리를 치켜올린 것이다.

보통 이럴 때는 반드시 살인을 해야만 한다.

그렇지 않고선 심중의 광기를 억누를 수 없었다.

하나 놀랍게도 주약린은 광기의 폭발을 참아 냈다. 살인의 욕구를 참아 냈다.

"원하는 바는 나중에 말해 주도록 하지."

"……"

"적 관주가 피눈물을 흘리고 있을 때 말야."

"……"

저주에 가까운 말과 함께 주약린이 남명주와 유청려를 번갈아 바라보고 조소 어린 목소리로 말했다.

"사봉이라…… 무림에 떠도는 명불허전(名不虛傳)이란 말도 그다지 믿을 건 못되는군."

"……"

"……"

남명주와 유청려의 안색이 붉게 달아올랐다. 주약린이 한 말이 자신들에 대한 멸시임을 눈치챘기 때문이다.

그러나 그녀들이 화를 내기도 전이었다.

슥!

주약린이 기묘한 신법으로 두 여인 사이를 지나쳐 창문을 통해 루외루를 빠져나갔다.

나타날 때와 비슷한 퇴장이랄까?

"……."

적천경이 주약린이 떠나간 창문 쪽을 물끄러미 바라보며 생각에 잠겼다. 그녀가 떠나기 전 남긴 말이 신경 쓰였다.

그때 나현이 슬그머니 상방을 빠져나왔다.

본래 그는 가장 먼저 주약린이 나타난 걸 눈치채고, 상방에 숨어 있었다. 그녀에게 자신이 살아 있는 걸 들켜서는 곤란했기 때문이다.

그래서인지 덥지도 않은데 이마에 식은땀 한 방울이 매달려 있다.

"휴우, 숨넘어가는 줄 알았네!"

"그녀가 그렇게 무섭습니까?"

"무섭지! 내게 지금 세상에서 가장 만나기 싫은 사람을 한 명만 꼽으라면 그녀를 꼽을 거야!"

나현이 치가 떨린다는 듯 고개를 저어보였다.

몸이 가볍게 떨어보였다.

그때 두 사람에게 쌍봉과 남궁성, 언지경이 다가들었다. 그들 모두 주약린에 대해 궁금해 보였으나 누구 하나 먼저 입을 열지 않았다. 적천경과 나현의 표정이 심상치 않은 걸 보고, 강호의 은원이 관련된 일이라 생각한 것이다.

'그런데 사실은 남장 여인이었구나! 그렇다면 정말 사봉을 뛰어넘을 만큼 굉장한 미녀인데…….'

'무림은 정말 나올만한 곳이구나! 사봉 말고도 그런 굉장한 미녀를 다 보게 되었으니 말야!'

적천경과 나현의 대화를 듣고서야 주약린이 남장 여인임을 깨달은 남궁성과 언지경은 남몰래 얼굴을 붉혔다. 오늘 함께하게 된 삼봉보다 확실히 주약린의 미모가 더 화려하고 아름다웠기 때문이다.

반면 남명주와 유청려는 다른 의미에서 심사가 복잡했다. 두 사람 모두 자신보다 예쁜 여인을 만나는데 그리 익숙하지 않았다.

특히 유청려는 더욱 그랬다.

'적 관주님 주변에는 정말 미인이 많구나! 적봉황 황 소저하고도 굉장히 친숙해 보이던데…….'

'청려 동생…….'

내심 한숨짓는 유청려를 남명주가 몰래 훔쳐봤다. 표

정이 살짝 우울해졌다.

그때 상방에서 취룡 진남천이 나왔다.

"음식이 다 식겠습니다! 어서 들어오십시오!"

황조경도 뒤이어 나와서 거들듯 말했다.

"그래요! 루외루의 산해진미를 앞에 두고 시간을 보낸다는 건 오늘 우리를 초대해 준 문 숙수님에 대한 예의가 아닐 것이에요!"

나현의 눈에서 신광이 번쩍 일어났다.

"그래선 안 되지! 아무렴 안 되고말고!"

그가 상방으로 뛰어가자 적천경과 다른 일행들이 함께 천천히 뒤따랐다.

오늘의 만찬!

전날 적천경에게 구원을 받았던 루외루의 수석 조리장인 숙수 문정이 준비한 것이었다. 적천경이 천하제일영웅대회에서 승승장구하는 걸 보고 한턱을 내겠다고 나선 것이다.

*　　　*　　　*

루외루를 빠져나온 주약린은 한동안 빠른 걸음으로 항주 시내를 질주했다.

가슴속 한구석에서 치솟는 심화!

부글거리며 끓어오르다 못해서 넘쳐버릴 것 같다. 당장 누구든 붙잡아서 화풀이를 하고 싶었다. 적어도 몇 명쯤은 난도질해서 죽여 버려야 조금쯤 울화가 풀릴 것 같았다.

그러자 떠오르는 한 사내가 있다.

항상 주약린을 열 받게 하는 적천경과는 정반대의 사내!

'그자를 찾아가야겠군. 그자라면 날 즐겁게 해 줄 수 있을 거야.'

내심 눈을 빛낸 주약린의 걸음이 조금 더 빨라졌다. 방금 전까지 향하고 있던 자신의 거처와는 완전히 다른 방향을 향해서 보신경을 발휘하고 시작한 것이다.

그렇게 얼마나 지났을까?

주약린이 도착한 장소는 항주의 뒷골목 중에서도 깊숙한 곳이었다.

하오문이나 흑도의 인물들이나 오고 가는 장소로 지금 역시 상황은 변하지 않았다. 한눈에 보기에도 정상적인 직종에 종사하지 않는 걸 알 수 있는 뒷골목 왈패들이 건들거리며 오고가고 있었다.

그중 독특한 검은색 대문을 가진 건물 앞에 도착한 주

약린이 앞을 지키던 독안의 왈패에게 말했다.

"문을 열어라!"

"용무를 밝히시오!"

"도박."

"……."

독안의 왈패가 잠시 주약린을 바라보다 검은색 대문을
주먹으로 몇 차례 두들겼다.

쾅! 쾅! 쾅!

'고자로군.'

주약린이 내심 피식 웃었다. 독안의 왈패가 환관과 같
은 처지임을 대번에 눈치챈 것이다.

하긴 이곳은 항주 쾌활림(快活林)!

도박, 마약, 매춘 등 인간이 누릴 수 있는 모든 종류의
쾌락을 즐기는 곳이었다.

그런 곳의 대문을 아무한테나 지키게 할 리 만무했다.

뛰어난 무공은 기본이고, 어떤 종류의 유혹에도 쉽사
리 굴복하지 않는 희귀한 인간을 수문장으로 삼았을 터
였다.

'나중에 데리고 놀면 재밌겠군.'

내심 미소를 지어 보인 주약린이 검은색 대문이 열리
자 나타난 몇 개의 통로 중 도박장 쪽으로 걸음을 옮겼

다. 이미 몇 번이나 와봤기에 길을 잃어버릴 걱정은 없었
다.

9장

와호장룡(臥虎藏龍)처럼……

잠시 후.

주약린이 도착한 곳은 거대한 지하 광장이었다.

그곳에는 수십 개나 되는 도박판에 수백 명이 넘는 사람들이 모여들어 열기를 뿜어내고 있었다.

도박판에 뛰어든 자들이 으레 그렇듯이 천하에 보기 드문 미녀인 주약린에게 관심을 보이는 자들은 그리 많지 않았다. 하나같이 눈앞에서 벌어지고 있는 도박에만 열을 올리고 있었다. 그런 자들이 모이는 곳이 바로 도박판이기 때문이었다.

그렇다.

도박판이란 언제 자신의 코가 베일지 모르는 곳이다.

절대 함부로 눈앞에서 움직이는 주사위, 검패, 마작패에서 시선을 떼어선 안 될 터였다. 그런 실수를 범하는 순간 자신의 전낭 안에 있던 은자는 남의 것이 되어 버릴 테니까 말이다.

그 같은 암묵적인 율법이 작동하고 있는 도박판을 주약린은 빠르게 가로질렀다. 자신을 즐겁게 해 줄 자가 어디 있는지 잘 알고 있었기 때문이다.

그렇게 한참을 이동해 그녀의 발이 멈춘 곳은 유난히 많은 사람들이 모여 있는 주사위 놀음판이었다.

주사위 놀음이란 여섯 개의 주사위를 통에 넣어서 가장 많은 숫자가 나오는 자가 승리하는 도박이다. 여러 종류의 도박 중 가장 단순하나 종종 큰 승부가 벌어지곤 한다. 서로 간에 배짱만 맞으면 순식간에 엄청난 금액을 걸고 승부를 결할 수 있기 때문이다.

지금이 바로 그런 상황이었다.

대판!

이곳, 쾌활림의 지하 비밀 도박장이 개설된 이래 최고의 승부가 벌어지고 있었다.

— 귀섬수(鬼閃手) 진구!

오랫동안 항주 도박계에서 전설로 불리던 도박 귀신은 지금 온몸을 부들부들 떨고 있었다. 그의 바로 앞에 앉아 있는 회의 미남자 앞에 잔뜩 쌓여 있는 은자의 절반가량을 방금 전의 한판에 잃어버린 때문이었다.

평생 중 가장 큰 패배!

어쩌면 죽음으로 밖엔 갚을 길이 없을 패배다.

그래서 진구는 평정심을 잃어버리고 회의 미남자를 노려봤다. 주변에 무수히 많은 도박꾼들이 모여 있지 않았다면 당장 특기인 암기를 사용하고 싶었다.

그때 회의 미남자가 입가에 흐릿한 미소를 담은 채 말했다.

"어떤가? 다시 한판 벌여 보는 게?"

"내겐 더 이상 은자가 없소만……."

"은자 대신 자네 자신을 거는 건 어때?"

"……나 자신을 걸라?"

"그래."

회의 미남자의 태연한 말에 진구의 몸을 장악하고 있던 경련이 자취를 감췄다.

목숨을 건 한 판!

도박판에서는 대수롭지 않게 벌어진다.

도박 앞에서는 처자식도 판다.

자신의 목숨 정도 거는 건 우스웠다. 하물며 눈앞의 회의 미남자는 줄곧 모든 돈을 걸어왔다. 다시 한 판을 벌이자는 말은 현재 딴 돈 모두를 걸겠다는 뜻일 터였다.

그래도 확인은 필수다.

내심 침을 한 모금 삼킨 진구가 조심스럽게 말했다.

"여태까지처럼 몽땅 걸 작정이시오?"

"물론."

"그럼 하겠소! 이번 판에 내 목숨을 걸겠소!"

"목숨 따위를 걸라는 게 아냐."

"그, 그렇다면……."

"나는 자네 자신을 걸라고 했어. 그럴 수 있겠나?"

"……그리하겠소! 그게 뭔지는 모르겠지만!"

진구가 연속적으로 소리친 후 손을 들어서 새로운 주사위를 가져오도록 했다. 얼마 전부터 엄청난 대판의 연속이었던지라 매 판마다 주사위를 바꿔왔다.

'곧 손목이 잘리는 모습을 보겠군!'

주약린은 두 사람의 주사위 놀음을 지켜보며 내심 눈을 빛냈다.

회의 미남자.

그의 정체는 근래 접촉하게 된 신마혈맹의 파천대주

곽채산이었다. 무당산에서 사라진 조부 건문제의 뒤를 쫓던 중 항주에서 곽채산과 만나서 인연을 맺게 된 것이다.

과연 이건 우연이었을까?

주약린은 의구심에 앞서 곽채산이란 남자에게 관심을 품었다. 그녀의 극도로 정상적이지 않은 취향을 그처럼 잘 맞춰 주는 자는 처음이었다.

물론 이건 적천경과는 다른 종류의 관심이었다.

적천경에게 느낀 게 강렬한 소유욕이었다면, 곽채산은 동질감과 편안함이 컸다. 그의 앞에선 자신을 꾸미거나 숨길 필요를 느끼지 않았다.

그때 또다시 벌어진 대판을 지켜보던 도박꾼들이 일제히 탄성을 터뜨렸다.

주사위 놀이다운 빠른 결말!

오늘 쾌활림의 지하 도박장을 쓸어버린 신비의 사나이 곽채산은 또다시 승리자가 되었다. 자기 자신을 걸고 최후의 도박에 나선 귀섬수 진구가 주사위에 수작을 부리다가 손에 단검을 찔러 넣은 것과 함께 말이다.

"크으윽!"

손에 박힌 단검을 부여잡은 채 고통스러운 신음을 흘리는 진구를 향해 곽채산이 말했다.

"내일 사람을 보내도록 하지."

"나, 날 어찌하려는 것이오?"

"내 맘대로."

"……."

진구가 고개를 떨구는 순간 자리에서 일어선 곽채산이 산처럼 쌓인 은자를 놔둔 채 도박장 밖으로 걸어갔다. 기묘하게도 눈앞에 산처럼 쌓여 있는 은자를 향해 달려드는 자는 아무도 없었다. 마치 보이지 않는 불문율에 얽매인 것처럼 말이다.

탁!

쾌활림의 은밀한 방 안에 들어선 주약린이 문을 닫았다.

그녀가 들어선 방은 단출했다.

한편에 침상과 이인용 탁자가 가구의 전부였고, 곽채산이 의자에 다리를 꼬고 앉아 있었다.

"결국 내 말대로 되었군."

"뭐가 당신 말대로 되었다는 거죠?"

"다시 날 찾아 왔잖소?"

곽채산이 자신을 손가락으로 가리키며 웃어 보이자 주약린의 눈에 살기가 감돌았다.

"다시 그따위 주둥이를 놀리면 당장 죽여 버릴 테다!"

'정말 엄청난 살기로군! 하지만 아름다워! 백요란 같은 늙은 년과는 비교조차 되지 않을 정도로 말야!'

곽채산은 무당산에서 함께 탈출한 적발혈염 백요란의 요염한 자태를 떠올리며 눈을 가늘게 떴다. 환골탈태를 한 후 몇 차례나 몸을 섞은 그녀보다 눈앞의 주약린이 월등히 구미를 동하게 했다.

슥!

한데 그때 주약린이 허리를 휘감고 있던 혈사검을 꺼내서 곽채산의 목에 가져다 댔다.

암수?

예상치 못했고, 갑작스러운 전개다.

당장이라도 독아를 박으려 날름거리는 혈사검의 검인을 목에 허락한 채 곽채산이 주약린을 바라봤다. 그녀와 만난 후 이렇게 거리가 가까워진 건 처음인 듯싶다.

"역시 화끈한 여자로군!"

"계속 입을 놀리는 것이냐? 목이 잘리고도 그럴 수 있을지 궁금하구나!"

"그러고 싶지 않을 텐데?"

"어째서 그렇게 자신만만한 것이지?"

"여기서 내 목을 자르면 앞으로 항주에서 벌어질 재밌

는 일을 구경하지 못하게 될 테니까."

주약린의 눈빛이 가볍게 흔들렸다.

"역시 항주에서 일을 벌일 작정이었군."

"물론."

"어떤 일을 벌일 거지?"

"그건 아직 말해 줄 수 없지. 하지만 아마 당신 평생에
가장 잊지 못할 축제가 벌어질 거야."

"말해! 그렇지 않으면……."

"않으면?"

"……네 목을 지금 당장 잘라 버릴 것이다!"

"잘라 봐!"

"……."

순간 주약린의 눈이 붉은 기운을 담았다.

그녀는 사실 곽채산이 말한 항주에서 벌어질 축제가
궁금했다. 그동안 경험한 그의 성격상 결코 허장성세가
아닐 터였기 때문이다.

온몸이 후끈 달아오르는 느낌!

눈앞에 있는 곽채산이 자신과 동류의 인물임을 알기에
기대감에 목이 말라왔다. 그는 찾아오며 내심 생각했던
모든 걸 일시에 잊어버리고 말 정도로 말이다.

하나 그녀는 다시 적천경을 떠올렸다.

자신이나 눈앞의 곽채산과는 완전히 다른 종류의 인간!

그래서 그를 생각할 때마다 괴롭다.

어떻게든 자신의 손에 넣어야만 이 괴로움이 사라질 것 같았다. 그리고 그러기 위해선 곽채산이 항주에서 어떤 일을 벌일지 알아내야만 했다.

아니, 그렇다고 생각했다.

하지만 적천경과 헤어진 후 줄곧 억눌러왔던 살기가 이 순간 한계 직전까지 치솟았다. 더 이상 자신의 의지만으로 참기 어려울 만큼 말이다.

핏!

순간 주약린이 손에 힘을 가했고, 혈사검의 차가운 검인이 곽채산의 목젖을 파고들었다. 단숨에 그의 목을 두 동강 내려 했다.

아니다.

그런 일은 벌어지지 않았다.

티앙!

다음 순간, 주약린의 혈사검이 용수철처럼 튕겨나왔다. 그녀가 힘을 가한 순간 곽채산의 몸에서 강력한 반탄강기가 일어나 혈사검의 검인을 밀어내버린 것이다.

당연히 그것만으로 끝일 리 없다.

파팟! 팟!

혈사검과 함께 뒤로 밀려난 주약린이 신형을 회전시키
며 봉황십환을 쏟아 냈다.

지척지간에 있는 곽채산으로선 피하기 어려운 일격!

과연 봉황십환 모두가 곽채산의 전신에 틀어박혔다.
순식간에 그를 벌집처럼 만들어 버렸다.

그러나 혈사검 때와 마찬가지였다.

곽채산의 몸에 틀어박힌 줄 알았던 봉황십환은 거짓말
처럼 모조리 바닥에 떨어져 내렸다. 곽채산의 몸에 박히
기 직전, 강력한 호신강기의 벽에 가로막혀 힘을 잃어버
린 것이다.

슥!

주약린이 이번에는 단궁을 꺼내 들었다.

아예 곽채산과 끝장을 보겠다는 심산!

하나 곽채산은 그녀의 생각에 동의하지 않았다.

"쉬이!"

"……."

손가락을 들어 자신의 입에 갖다 댄 곽채산이 단궁을
빼 든 주약린에게 눈짓을 해 보였다.

'이건……'

주약린의 눈에 깃들어 있던 붉은 기운이 조금 옅어졌

다. 자신들이 들어와 있는 비밀방 쪽으로 다가들고 있는
은밀한 움직임을 뒤늦게 파악한 것이다.

그리고 그것과 동시였다.

슥!

곽채산이 신형을 날려서 비밀방의 방문을 박살 내며
밖으로 뛰어나갔다.

"으악!"

"크악!"

"으아아악!"

곧이어 참혹한 비명성이 연속적으로 들려왔다. 곽채산
이 방에서 빠져나가자마자 살계를 제대로 연 것이 분명
했다.

'……날 빼놓고 그런 짓을 하다니!'

주약린이 얼른 눈을 빛내며 곽채산의 뒤를 따랐다.

손에 들려 있던 단궁!

어느새 화살이 몇 개나 재어져 있다. 곽채산이 연 살계
에 확실하게 동참하기로 생각을 굳힌 것이다.

                    *   *   *

"하아아아!"

주약린은 만족한 표정으로 달콤한 숨결을 토해 냈다.

얼마만의 살육인가!

어떤 자의 눈치도 보지 않고 마음껏 사람을 죽인 후에 맛보는 나른함은 가히 최고였다. 자연스럽게 눈매가 가늘어지고, 들끓던 마음속의 살심 역시 가라앉는다.

최고의 상태!

항상 살심으로 가득하던 심장의 혈기가 진정되며 머리가 차가워졌다. 자신이 한 행동과 그 의미를 객관적으로 파악할 수 있는 상태가 되었다는 뜻이다.

'역시 난 타고난 미친년이 분명해! 그리고 이런 내 특성은 죽을 때까지 변하지 않을 거야!'

황제!

자신의 먼 친척에게 느꼈던 분노!

여태까지 정당하다고 생각했던 감정의 진짜 형태를 알수 있을 것 같았다.

권력욕!

태어날 때부터 타고난 이기적인 마음!

그것이 바로 현 황제에 대한 주약린의 진심이었다. 천하제일인이 되어 세상의 모든 것을 제 마음대로 좌지우지 할 수 있는 무한한 권력을 쟁취하고 싶었던 것이다.

그래서 그녀는 조부 건문제를 찾아갔다.

그를 어떻게든 꾀어내서 현 황제를 권좌에서 밀어내고 자신이 제이의 측천무후가 되고자 했다. 충분히 그럴 자격과 능력이 있다고 생각했다.

하지만 무당산에서 적천경을 만났고, 건문제를 놓쳐버렸다.

모든 것이 뒤틀어져 버렸다.

그녀가 존재하고 있던 세계, 자체가 붕괴에 직면하고 말았다. 일시 어찌할 바를 모르게 된 것이다.

그녀는 탈출했다.

도망쳤다.

조부 건문제를 찾겠다는 스스로도 믿지 못할 대의명분을 내세운 채 황실을 뒤로하고 무림으로 나섰다. 그리고 헤맸다. 적천경을 다시 만나기 전까지. 다시 곽채산이란 자신과 지극히 닮은 사내를 만나기까지 말이다.

'하지만 그 둘을 한꺼번에 가질 수 없을 테지? 이대로 가면 두 사람은 분명 무림이란 대지에서 서로를 향해 칼을 휘두르며 피투성이 싸움을 벌이게 될 테니까……'

묘하게도 가슴이 뛴다.

— **미치도록 갖고 싶은 사내, 적천경!**
— **항상 미쳐 있는 자신과 같은 사내, 곽채산!**

두 사내가 피에 흠뻑 젖어서 싸우는 걸 떠올리는 것만으로 황홀해졌다. 반드시 지켜보고 싶었다. 가장 가까운 곳에서 패배자가 비참하게 죽는 광경을 봐야만 했다.

그리고 남은 승리자!

그를 자신의 것으로 만들 생각이었다. 그래야만 작은 가슴속에 항상 웅크리고 있는 괴물이 만족할 듯싶었다. 그 순간을 위해 세상에 태어났을지도 모른다.

서걱!

그 같은 생각과 함께 주약린이 혈사검을 휘둘러 피에 절여진 채 서 있던 무인의 목을 날렸다. 방금 전까지 온몸을 차근차근 저며내며 고문하던 자에게 그녀답지 않은 자비를 베풀어준 것이다.

"이들은 정천맹의 무사들! 진짜 본격적으로 정천맹과 붙어볼 작정이로구나!"

"물론."

"그럼 오늘 정리할 곳이 쾌활림 정도로 끝은 아닐 것 같은데?"

"시작이라고 할 수 있겠지. 따라 오겠소?"

"물론 따라갈 거야. 하지만!"

문득 목소리를 높인 주약린이 어느새 일단의 검은 무

사들과 함께하고 있는 곽채산에게 말했다.

"이후 어디까지 함께 할지는 전적으로 내가 결정할 거야!"

"그러시오."

"지금 그 말 후회할지도 모를 텐데?"

"후회라……."

잠시 말끝을 흐린 곽채산이 입가에 흐릿한 미소를 만들어 냈다.

"……주 소저야말로 지금 날 따라오는 결정을 후회하지 마시오! 지금부터 내가 상대할 자들은 당금 무림의 정점에 군림하는 괴물들이니까 말이오!"

"내 정체를 알고 있었군?"

"물론."

"뭐, 좋아. 그게 네놈이니까. 그리고 난 본래부터 무림 따위엔 관심 없었어."

"앞으로 관심을 갖게 될 것이오. 곧 여필종부(女必從夫)란 말을 깨닫게 될 테니까."

"……."

주약린의 입술이 살짝 비틀어졌다. 그녀 인생 중 가장 듣기 싫은 말을 곽채산에게 들었기 때문이다.

그러나 그녀는 참았다.

현재 어느 때보다 머리가 차가워져 있었다. 화끈한 피의 잔치로 인해 기분 역시 좋았다. 황제처럼 혼자만의 꿈에 빠져 있는 곽채산의 말에 굳이 반박하고 싶지 않았다.

그러자 곽채산이 안색을 살짝 상기시킨 채 손을 들어 올렸다.

그가 항주에 거느리고 온 신마혈맹의 최정예 파천대에게 쾌활림 전체의 몰살과 제거 명령을 내린 것이다.

*　　　*　　　*

산중루.

전날과 마찬가지로 기묘한 기운에 휩싸여 있었다.

적천경 일행이 대거 루외루로 빠져나간 사이 홀로 산중루에 남은 구손이 다시 진법을 산중명월에 펼쳤기 때문이다.

이유는 자명하다.

적천경이 없는 틈을 타 미신 당세령은 산중루로 찾아왔다. 전날 진맥했던 소하연의 치료가 목적이었다.

의원의 본능이랄까?

그녀는 소하연의 구음구양절맥을 확인한 후 종종 산중루로 찾아왔다. 구손과 소하연의 치료법을 의논하고, 그녀의 병세가 악화되는 걸 막기 위함이었다.

물론 이건 적천경과 한 약속과는 다른 진행이었다. 아직 적천경은 천하제일영웅대회를 우승하지 못했고, 소하연의 치료비 역시 준비하지 못했기 때문이다.

그래서 당세령이 산중루로 왕진 오는 건 어디까지나 구손만 아는 비밀이었다. 중간에 황조경이 황금귀상련의 이름으로 치료비의 무조건적인 지급을 약속한 것과 함께 적천경에겐 절대 알려져선 안 되는 일이었다.

그렇게 오늘도 산중루 속의 작은 별채.

산중명월은 거의 시간이 정지되어 있었다. 초절정 이상의 무공을 익힌 고수나 탁월한 진법가가 아니라면 구손이 펼친 진법으로 보호된 산중명월로 접근할 수 없을 터였다.

한데 그런 일이 실제로 일어났다.

파창!

갑자기 산중루 일대에서 마치 뭔가가 쪼개지는 듯한 소리와 함께 구손의 진법에 문제가 생겼다. 시간의 흐름을 극단적일 만큼 느리게 만들던 진법의 핵심부에 균열이 일어난 것이다.

슥!

그리고 그 사이로 한 명의 장신 승려가 모습을 드러냈

다.

검붉은 얼굴에 고리눈.

붉은 가사 사이로 드러난 우람한 근육.

얼핏 보기에도 신장이 칠 척이 넘는 장신에 금강신장 같은 외양의 승려였다.

당연히 이런 외양의 승려라면 소문이 나기 마련이다.

특히 사문이 천하공부출소림(天下功夫出少林)이란 대명이 자자한 소림사라면 더욱 그러할 터였다.

— 소림사 나한당(羅漢堂) 수좌 원공(圓空)!

무림에서는 금강신권(金剛神拳)이란 무림명으로 더욱 유명한 그는 소림사가 자랑하는 권법 고수였다. 무림의 호사가들이 평가하기론 소림사에서도 다섯 손가락 안에 들어가는 고수로 현재 정천맹의 호법당(護法堂) 당주를 맡고 있었다. 즉, 현 정천맹 최상층부의 고수였다.

그런 그의 등장이다.

심상치 않은 일이 발생했다는 건 누구든 알 수 있는 일일 터였다.

우르릉!

그때 원공이 소림사가 자랑하는 백보신권(百步神拳)을

산중명월을 향해 발출해냈다. 단번에 산중루 일대에 펼쳐진 진세의 중심부가 그곳임을 눈치챈 것이다.

그러자 순간적으로 뒤흔들리기 시작한 주변의 지형!

단 한차례의 백보신권!

그것만으로 구손이 고심해서 펼친 진세의 일각이 붕괴했다. 산중명월을 중심으로 정지되어 있던 시간의 흐름이 다시 움직이기 시작했다.

한데 원공은 오히려 인상을 찌푸렸다.

'이상한 일이로구나! 분명 진세의 영향력은 감소했는데, 여전히 눈앞에 환상이 가득하니 말이야!'

환상!

맨 처음 산중루에 도착해 보기 드문 기문진법의 자취를 발견했을 때부터 대비하고 있었다. 소림사에도 몇 가지 천하에 유명한 절진이 있었고, 원공 역시 문외한은 아니었다.

그래서 그는 곧바로 절학인 백보신권을 사용했다.

힘으로 기(技)를 제압하려는 의도!

그런데 충분히 먹혀들었다고 생각했는데 자신의 의도대로 일이 진행되지 않으려는가 보다. 백보신권에 타격을 받았음에도 진세의 중심부인 산중명월 쪽의 환상은 더욱 심해져가고 있었기 때문이다.

그렇다면 어찌해야 할까?

'흐음, 상황이 급박하니, 보기 드문 재주를 지닌 기인에겐 도리가 아니나 조금 더 힘을 내 보도록 할까?'

원공이 다시 백보신권을 운기했다.

방금 전과 달리 이번에는 팔성 내력이다.

눈앞에 환상으로 보호되고 있는 산중명월이란 별채 자체를 단숨에 박살내 버릴 만한 위력을 일권에 담으려한 것이다.

그러나 그의 두 번째 백보신권은 펼쳐지지 않았다.

발동 직전에 멈췄다.

스으!

그가 막 백보신권을 발출하려는 찰라 눈앞을 어지럽히던 환상 속에서 한 명의 도사가 걸어 나왔다. 줄곧 산중명월의 곁을 떠나지 않고 진세를 조정하고 있던 구손이었다.

"무량수불! 대사께서는 잠시 손속에 사정을 둬 주시기 바랍니다!"

"아미타불! 이거 실례가 많았소이다. 빈승은 소림의 원공이라 합니다. 시주께서는 혹여 무당파에 적을 두고 계시지 않으신지요?"

"예, 빈도는 구손. 무당파의 학도입니다."

"학도?"

원공이 구손을 찬찬히 살펴봤다.

무당파란 말에 내심 고개가 끄덕여졌는데, 학도란 말을 하니 의외란 생각이 들었다.

'흐음, 무공을 익힌 흔적을 찾을 수 없구나! 진짜 학도가 맞단 말인가?'

괴이하단 생각이 들었다.

그러다 문득 근래 무당파에서 이름을 떨쳤다는 한 명의 학도가 떠올랐다. 무공을 익히지 않았으나 신묘한 진법 실력으로 호검관주 적천경과 함께 창위의 대병을 물리치는데 혁혁한 공을 세웠다던가?

"혹시 근래 무당파에서 이름을 떨쳤다는 진법의 대가이신 겁니까?"

"하찮은 재주에 불과합니다. 대도지로를 걷지 못한 어리석은 도사가 익힌 방술이지요."

가볍게 손을 저어보이는 구손을 바라보며 원공이 천천히 고개를 끄덕여 보였다.

"어쩐지 이곳에 펼쳐진 기문진법이 비범하다고 생각했습니다. 이 정도의 진법을 하찮은 방술이라 부를 자는 아마 무림에 존재하지 않을 겁니다. 한데……."

몇 마디 칭찬으로 구손을 추켜세운 원공이 문득 시선

을 산중명월 쪽에 던졌다.

"……빈승의 생각이 맞다면 현재 저 별채에는 본맹의
약왕당주께서 들어가 계신 것 같습니다만?"

"대사의 말씀대로입니다. 현재 미신 당 도우께서는 환
자를 치료 중이십니다."

"허!"

원공이 자신도 모르게 탄성을 발했다.

그가 알기로 약왕당주인 미신 당세령이 직접 환자를
치료하지 않은 지는 제법 오래되었다. 특히 무림인과 관
련되어 있는 자는 이유여하를 막론하고 치료를 거부하고
있었다. 과거 신마혈맹과의 정사대전 이후 오로지 의술
에 대한 연구와 약왕당을 통한 의료 활동에만 집중해 온
것이다.

그래서 그동안 원성도 많이 받았다.

무림인에게 부상은 숙명인지라 당대 천하제일의(天下
第一醫)라 할 수 있는 당세령의 이 같은 방침은 많은 논
란을 야기시켰다. 은연중 그녀에게 원한을 품는 자들과
함께 말이다.

그런 원공의 내심을 눈치챈 구손이 얼른 첨언했다.

"당 도우께서 치료 중인 환자는 무림인이 아니십니
다."

"그렇군요. 하면?"

"한 분의 희귀병을 앓고 계신 여도우십니다. 빈도의 미약한 힘으로는 치료할 수 없어서 당 도우께 도움을 청했는데, 흔쾌히 도움을 주시겠다고 하셔서 감사하게 생각하고 있습니다."

"아미타불! 선재로다! 선재로다!"

원공이 연속해서 불호를 외웠다. 소림사 특유의 일수합장 역시 잊지 않는다.

그러나 그의 눈빛은 오히려 냉철하게 가라앉아 있었다.

그는 정천맹의 호법당주!

약왕당주이자 삼신 중 한 명인 당세령의 성품을 누구 못지않게 알고 있었다.

당연히 구손이 한 말 역시 액면 그대로 받아들이지 않았다.

'필경 내게 말하지 않는 비밀이 있을 터! 허나 진짜로 약왕당주께서 환자를 치료 중이라면 곤란하게 되었구나. 자칫 치료에 방해라도 받는다면 약왕당주의 분노를 사게 될 터이니 말이야. 그러니 어찌한다?'

내심 원공이 눈살을 찌푸려 보이고 있을 때였다.

끼익!

갑자기 굳게 닫혀 있던 산중명월의 문이 열리며 미신 당세령이 모습을 드러냈다.

살짝 창백해져 있는 안색.

설부지용(雪膚之容)이라 할 법한 절세미모에 깃든 수심이 보는 이의 마음을 아프게 한다. 살짝 미간을 찌푸린 것만으로 사람의 마음을 뒤흔드는 마력을 발휘한 것이다.

이는 원공 같은 승려에게도 예외가 아니었던가 보다.

"아미타불!"

다시 일수합장을 해 보인 원공이 얼른 당세령에게 다가가 말했다.

"호법당의 원공이 약왕당주를 뵈오이다!"

"원공 대사님께서 호법당을 나오신 걸 보니, 맹주님께서 비상 소집령이라도 내린 모양이로군요?"

"약왕당주께서 말씀하신 대로입니다. 항주 일대에서 현재 심상치 않은 일이 발생한 듯합니다."

"그렇군요."

당세령이 담담한 대답과 함께 고개를 가볍게 저어 보였다.

"하지만 저는 지금 환자를 치료하고 있는 중이에요. 맹주님께서 비상소집령을 내린 이상 정천맹의 기라성 같은 고수들이 집결했을 테니, 저 한 명쯤은 봐주도록 하세요."

"그럴 수는 없습니다. 맹주님께서 직접 약왕당주를 총단으로 모셔 오라 명을 내리셨으니까요."

"맹주님께서 직접 절 지명하셨다는 건가요?"

"그렇습니다. 그것도 시급히 약왕당주를 모셔 오라 하셨습니다."

"……."

당세령의 아미가 다시 찌푸려졌다.

정천맹 내부에서 미신 당세령은 특별 취급을 받고 있었다. 과거 신마혈맹과의 정사대전에서 대활약을 한 공로와 사람의 목숨을 구하는 의원이란 신분 때문이었다.

그래서 그녀는 노골적으로 무림과의 관련성을 지워왔다.

정천맹에 적을 두는 조건으로 무림과 관련된 모든 사항에서 발을 빼왔다. 그렇게 하도록 정천맹주 제갈유하의 재가를 얻어 놓은 상태였다.

한데 그런 그녀를 정천맹주 제갈유하가 직접 지명해서 불러오도록 했다고 한다. 필경 그럴 만한 이유가 있을 터였다. 그렇지 않다면 후폭풍을 감당키 어려울 테니까.

'그리고 그럴 만한 일이라는 건…… 설마!'

당세령의 눈에서 가벼운 이채가 어렸다.

내심 짐작 가는 바가 있었다.

절대 일어나선 안 될 일이 벌어졌을지 모른다는 불안감이 심중 깊숙한 곳에서 고개를 치켜들었다.

"원공 대사님, 혹시 십왕뇌(十王牢)에 문제가 생긴 건가요?"

"빈승에겐 대답할 권한이 없습니다."

"……그렇겠군요."

당세령이 다시 고개를 끄덕이고 구손에게 말했다.

"구손도장, 언제까지 진세를 이대로 유지할 수 있죠?"

"새벽이 올 때까진 가능합니다."

"그럼 그때까지 돌아오도록 하죠. 하지만 만에 하나 제가 돌아오지 않는다면……."

당세령이 품에서 하얀 자기로 된 약병을 꺼내 구손에게 내밀었다.

"……이 안에 든 단약을 반 시진마다 환자에게 복용시키도록 하세요. 다섯 알이 있으니까 두시진 반의 시간은 더 벌 수 있을 거예요."

"그 이후에는 어찌할까요?"

"침술에 능하다 하셨지요?"

"예, 어느 정도는."

"그럼 일시적으로 환자를 가사상태로 만드는 반생침(半生針)을 아실 테지요?"

"예, 그렇긴 합니다만……."

"반생침의 문제점은 저도 잘아요. 하지만 회혼침(回婚針)을 늦지 않게 시술할 수 있다면 후유증을 최소화할 수 있을 거예요. 그리고……."

잠시 말끝을 흐린 당세령의 입가에 아름다운 미소를 매달았다.

"……어떤 난관이 나타난다 할지라도 구음구양절맥을 치료하고자 하는 제 의지를 가로막진 못할 거예요."

"무량수불!"

구손이 당세령의 자신감 넘치는 말에 도호와 함께 정중하게 허리를 숙여보였다.

언제나와 같달까?

그는 자신을 위해서가 아니라 적천경의 처제인 소하연을 위해서 기꺼이 허리를 숙여보였다. 자신을 낮춰서 하나의 생명을 구하려한 것이다.

'와호장룡(臥虎藏龍)이라 했던가? 무당파! 무림의 거인은 엎드리고 숨어서 이와 같은 기인을 길러내고 있었구나!'

새삼스러운 시선으로 구손을 바라본 당세령이 산중명

월을 일별하고 원공에게 말했다.

"원공 대사님, 안내를 부탁드리겠어요!"

"예!"

어느 때보다 큰 대답과 함께 원공이 구손에게 살짝 허리를 숙여보였다.

― 소림과 무당!

근래 들어 같은 구대문파 중 욱일승천하고 있는 화산파에 다소 밀리긴 했으나 북숭남존이라 불리우고 있었다. 무당파의 제자인 구손에게 실례를 범한 것에 마음을 쓰는 건 지극히 당연한 일이라 할 수 있었다.

구손이 그 같은 원공의 내심을 읽고 역시 허리를 숙여보이며 담담하게 말했다.

"원공 대사님, 금일은 북두(北斗)에 살기가 짙습니다. 부디 자중자애(自重自愛)하시길 바랍니다."

"북두에 살기가 짙다고 하셨습니까?"

"예."

"……."

잠시 침묵 속에 구손을 바라본 원공이 고개를 끄덕이며 말했다.

"예, 빈승 자중자애하도록 하겠습니다."

"부디 불존(佛尊)의 가호가 있으시기를!"

"노군께서 시주의 곁에 항상 함께 하실 것입니다!"

각기 상대방 종교의 신을 언급해 축원한 두 사람이 묘한 미소를 지어 보였다.

전혀 다른 인상의 두 사람!

이 순간, 꽤나 닮아 보인다. 아주 많이 그러했다.

10장

대흉(大凶)

번쩍!

루외루에서의 식사가 끝난 후, 이 차로 술자리를 갖고 있던 적천경의 미간 사이에 작은 골이 패였다. 갑자기 창문 밖에서 일어난 푸른 기운 때문이었다.

번개가 친 것일까?

언뜻 그래 보인다.

하지만 곧 그런 것이 아니란 걸 알 수 있었다. 푸른 기운처럼 보였던 광채가 곧 붉은 색으로 바뀌었기 때문이다.

'화광(火光)?'

적천경의 눈빛이 깊어졌다.

이곳은 항주!

현 정파천하의 정점에 위치해 있는 정천맹의 총단이 위치한 장소였다. 현재 정파 무림의 대축제라 할 수 있는 천하제일영웅대회로 인해 무수히 많은 정파 무림인들이 집결해 있었다. 감히 분란을 벌일 세력이 존재하기 어려운 건 자명한 일일 터였다.

한데 적천경은 묘하게 심사가 불편했다.

얼마 전 우연찮게 손속을 나눴던 회의 미남자!

묘하게도 친구 곽채산의 향기를 느꼈던 그의 존재가 신경 쓰였다. 분명 완전히 다른 얼굴이었는데, 자꾸 곽채산을 떠올리게 한 그 말이다.

게다가 그와 벌인 일초식의 대결!

그때 느낀 무공의 본질은 적천경에게 꽤나 익숙했다.

과거 신마혈맹과 혈전을 벌이던 중 한 차례 상대한 적이 있었던 마공과 본질적으로 같다는 생각이 들었다. 신마혈맹의 총단을 궤멸시킨 후 잃어버린 '검의 호흡' 때문에 전날의 감각을 완벽하게 되살리진 못했으나 분명그렇게 느껴졌다.

게다가 무림에 나온 후 적천경은 신마혈맹의 흔적을 몇 번이나 만나왔다. 금마옥에서 마인들이 탈출했고, 아내의 무덤 부근에서도 그들의 잔재와 대결을 벌였다. 칠년이란 세월을 뛰어넘어 신마혈맹이란 과거의 마물은 다시 적천경에게 스멀거리며 독아를 드러내기 시작한 것이다.

'그러니 정천맹의 총단이 있는 이곳, 항주에서 신마혈맹이 다시 발호를 한다 해도 그리 놀랄 만한 일은 아닐 것이다. 천하제일영웅대회로 인해 항주에 어느 때보다 많은 외부 무림인들이 모여 있는 상황이니까.'

정리는 금방 끝났다.

가능성을 타진하고, 적당한 답을 떠올렸다.

그렇다면 이제 움직일 때였다.

슥!

갑자기 자리에서 일어선 적천경이 주변의 시선이 자신에게 몰리자 담담하게 말했다.

"나는 일이 있어 이만 일어나 보도록 하겠습니다."

"오늘 주연의 주인공은 어디까지나 천경 동생인데, 어딜 벌써 가겠다는 건가?"

"오늘만 날이 아니지 않겠습니까?"

"물론 오늘만 날은 아니지. 하지만 오늘밤은 한 번 지나면 다시 돌아오지 않지 않은가?"

"……."

적천경이 자신을 붙잡고 늘어지는 나현을 묘한 표정으로 바라봤다. 그의 행동에서 어떤 의도를 떠올렸기 때문이다.

그러자 이번엔 황조경이 나섰다.

"그래요! 적 관주가 떠나면 오늘 주연은 이대로 파하게 될 거예요! 조금 더 자리를 함께 해 주는 게 어때요?"

"예, 빈도도 그리 생각합니다!"

'신려도장까지?'

연달아 자신을 붙잡고 늘어지는 사람들의 행태에 적천경의 마음속 의심은 확신으로 바뀌었다. 그리고 이럴 때 가장 신경이 쓰이는 건 이곳에 없는 사람이었다.

"혹시 구손 형님의 부탁을 받은 것입니까?"

"응?"

"예?"

"그, 그건……."

역시 능글맞은 나현이나 황조경과 달리 신려는 속내를 숨기는 데 서툴렀다. 처음부터 그녀에게 신경을 집중하고 있던 적천경의 눈이 신광을 발했다.

"역시 그렇군요. 그럼 어째서 구손 형님은 그런 부탁을 여러분에게 한 걸까요?"

"……."

"처제 때문이겠군요."

움찔!

이번 역시 명확한 반응을 보인 건 신려였다. 황조경이 옆에서 살짝 눈치를 줬는데도 적천경의 넘겨짚는 말에 당황한 표정을 감추지 못했다.

적천경의 시선이 황조경을 향했다.

"황 소저!"

"그렇게 노려봐도 안 돼요! 구손 도장하고 약속했다고요!"

"알겠습니다."

적천경이 짤막한 대답과 함께 신형을 돌려 주루를 빠져나가려 했다.

슥! 스슥!

그러자 어느새 적천경의 앞을 가로막아서는 나현과 황조경!

뿐만 아니다.

당황한 표정으로 어쩔 줄 모르던 신려 역시 그들과 동참했다. 적천경을 주루에서 빠져나가지 못하게 하기 위해 세 사람이 일종의 연수합격을 하는 양상이 된 것이다.

'구손 형님! 도대체 무슨 짓을 벌이고 있는 겁니까?'

적천경이 내심 눈살을 찌푸리자 황조경이 어장검을 뽑

아든 채 말했다.

"적 관주님은 이곳에서 새벽까지 있어야만 해요! 그렇게 하기로 구손 도장과 약속했으니까 절 믿고 이곳에 남아 주세요!"

"그 약속이 무언지를 말해 주면 안 되겠습니까?"

"약속했다고 했잖아요? 적 관주는 그렇게 절 못 믿는 건가요?"

"황 소저를 못 믿는 게 아니라……."

적천경이 말끝을 흐렸다. 다시 창문 밖으로 붉은 기운이 스쳐 지나가는 광경을 봤기 때문이다.

'……화광이 조금 더 가까워졌다!'

그때 뒤늦게 화광을 확인한 나현의 표정이 심각해졌다. 어느새 손에 꼬나 쥐고 있던 기룡신창의 창두 부근이 가벼운 떨림을 보였다.

그러자 적천경이 버럭 소리쳤다.

"나 대형, 현재 항주는 난(亂)이 일어난 상태입니다! 이런 상황에서 우리끼리 싸우는 게 옳다고 생각하십니까?"

"난이라 했는가?"

"예, 난입니다! 그것도 제 생각에는 아주 큰 난입니다!"

"확실히⋯⋯."

나현이 말끝을 흐리고 황조경을 바라봤다.

"⋯⋯황 소저, 아무래도 이건 긴급 상황인 것 같으니, 천경 아우한테 사정 설명을 하는 게 어떻겠소이까?"

"하지만 구손 도장은 사정 설명은 하지 말고, 무조건 적 관주를 새벽까지 이곳에 잡아두고 있으라 했어요. 구손 도장이라면 오늘밤 항주에 난이 일어날 것도 미리 알고 있었을 테니, 우리가 일방적으로 약속을 파기해선 안 된다고 생각해요."

"조경 언니의 말이 옳아요! 구손 사형은 역술에 능한 분이니 분명 이유가 있어서 적 관주님을 새벽까지 이곳에 잡아두라고 하셨을 거예요."

신려까지 찬동하고 나서자 나현이 적천경에게 어깨를 가볍게 추어보였다.

"천경 아우, 모두의 의견이 이렇다네?"

'역시 구손 형님의 뜻이었군요? 한데 어째서 나한테 사정 설명조차 하지 못하게 하신 겁니까?'

의혹은 깊어만 갔다.

하지만 자신의 앞을 가로막아 선 세 사람!

피를 나눈 형제와 같은 사이였다. 골육이나 다름없었다.

마찬가지로 적천경은 구손을 무한히 신뢰하고 있었다. 자신의 생명을 그에게 맡겨도 좋다고 여길 정도였다.

그리고 그 같은 신뢰란, 자신이 납득할 수 있고, 편할 때만 내세우는 게 아니었다. 어떠한 상황이 됐든 일단은 믿어주는 것이 본질이라 할 수 있을 터였다.

털썩!

적천경이 신형을 돌려 자기 자리로 돌아갔다. 형제와 같은 사람들의 마음을 일단 믿어주기로 한 것이다.

그러자 나현, 황조경, 신려가 거의 동시에 한숨을 내쉬었다.

방금 전 그들은 느낄 수 있었다.

적천경!

여태까지 자신들의 가장 큰 방벽이 되어 주었던 사나이와 정면에서 맞서는 게 어떤 것이라는 걸 말이다.

'무섭다! 무서워! 어찌 된 게 무당산에서 맞붙었을 때보다 훨씬 더 무서워진 것 같으니 내 착각인가?'

'와! 숨 막혀서 죽는 줄 알았네! 이런 사람하고 신려 동생은 잘도 싸웠잖아?'

'적 관주…… 나와 싸울 때는 전력을 다하지 않았던 거로군요…….'

세 사람은 각자의 상념에 빠진 채 적천경을 바라봤다.

그와 싸우지 않게 된 것에 안도하면서 그리했다.

한데 그렇게 얼마나 지났을까?

또다시 창밖에서 화광이 충천한 것과 동시였다.

콰!

주루의 외벽 한 면이 박살 나며 피투성이가 된 진남천이 뛰어들어 왔다.

그는 일 차가 끝난 후 남궁성, 언지경과 함께 유청려와 남명주를 배웅하러 나갔었는데, 현재 꼴이 말이 아니었다. 몸에 몇 개나 되는 검상을 당했고, 한쪽 귀가 절반가량 잘려나갔다. 필시 끔찍한 혈전을 벌였음을 짐작케 하는 모습이었다.

"적 관주님! 도와주십시오!"

"일행은 어찌 되었지?"

"지경은 기습을 당해 죽었고, 아성 역시 중상을 당했습니다. 현재 남 소저가 분전하고 있습니다만……."

"앞장서라!"

"……예!"

적천경의 준엄한 일갈에 진남천이 복명과 함께 자신이 박살 내고 들어온 외벽 쪽으로 신형을 날렸다.

그러자 황조경이 다급하게 외쳤다.

"적 관주, 여길 떠나서는……."

"황 소저, 구손 형님은 협의의 인물입니다."

"……예?"

"협의의 인물인 구손 형님이 동료들의 죽음을 눈앞에서 지켜보길 바라진 않았을 거란 뜻입니다. 그렇게 나는 믿고 있습니다."

"하지만……."

"나 대형, 갑시다!"

적천경이 일갈하자 나현이 귀찮은 표정과 함께 기룡신창을 다시 꼬나들었다.

"나중에 구손 아우한테 변명 잘해 줘야 할 거야?"

"물론입니다."

신려 역시 다시 검을 뽑아 들었다.

"빈도도 적 관주님을 따르겠습니다!"

"고맙습니다."

"아이참!"

황조경이 단숨에 바뀐 주변 분위기에 나직이 혀를 차고 역시 어장검을 뽑아 들었다.

이미 대세가 기울었다.

이런 상황에서 자기 혼자 고집을 피우는 건 어리석은 일이다. 전혀 대세에 영향을 주지 못할뿐더러 후일을 도모할 여지 역시 없애버리는 일이기 때문이다.

'게다가 구손도장은 유사시 적 관주가 산중루로 돌아오지만 않게 하라고 했으니까……'

내심 염두를 굴린 황조경이 입술을 살짝 내밀며 말했다.

"적 관주님, 저도 그 협의의 인물이 되어 볼 테니, 잘 이끌어 주세요!"

"……"

적천경이 황조경에게 씩 웃어 보이고 곧바로 신형을 날렸다. 방금 전 주루를 빠져나간 진남천의 뒤를 따라가기 시작한 것이다.

그리고 그의 뒤를 따르는 삼인!

새벽까지 불타오르리라 여겼던 주연의 이 차는 이렇게 끝났다. 갑자기, 누구의 예상과도 다르게.

               *   *   *

미신 당세령이 떠나고 얼마나 지났을까?

산중명월 앞에 단정하게 좌정하고 앉아 있던 구손이 문득 시선을 하늘로 던졌다.

야천.

검고 아득하다.

흐릿한 달빛과 그 주변을 점점이 지키고 있는 별빛만이 고독하게 어둠 속을 밝히고 있었다.

한데 그때 갑자기 달빛이 사라졌다.

별빛이 사라졌다.

어둠에 먹혀 버린 것이 아니다.

오히려 반대다.

갑자기 지상에 무수히 많은 불빛들이 터져 나와서 달빛과 별빛만이 존재하던 세상을 지워 버렸다. 더 큰 불빛으로 작은 불빛을 먹어버린 것이다.

그러나 구손은 항주 전역에서 모습을 드러낸 불빛을 일별조차 하지 않았다.

그냥 내심 너털웃음을 터뜨렸다.

'허허, 밤에 잠들은 안자고 뭘 하는 짓들인지…….'

세상이란 게 항상 그렇다.

난장판이다.

아수라장이었다.

일보일보를 내디딜 때마다 혼돈은 가중되어 가기만 한다.

그래서 구손은 오히려 기본에 집중하려 했다. 그렇게 함으로써 혼돈이 빠진 세상 속에서 자신의 중심을 제대로 잡고 서 있을 수 있었기 때문이다.

지금 역시 마찬가지다.

그는 점차 심각해지기 시작한 항주 전역의 대격변에서 빠져들지 않았다.

오히려 정신적으로 한 걸음 떨어졌다.

그리고 한결같은 표정을 유지한 채 밤하늘을 바라봤다. 방금 전 지상의 불빛에 먹혀버린 달빛과 별빛을 다시 찾기 위함이었다.

그렇게 얼마나 시간이 지났을까?

전심전력을 다한 끝에 구손은 사라졌던 달빛과 별빛을 다시 찾아낼 수 있었다.

별자리, 성운(星雲), 행성(行星)의 흐름······.

꼼꼼하게 살핀다.

무언가를 확인하려는 듯 세세하게 변화를 파악하려 했다.

그러다 눈빛이 흔들렸다.

'이런! 문곡성(文曲星)의 빛이 흐려지고, 천랑성(天狼星)의 기운이 드세지질 않았는가!'

슥!

구손의 손에 죽편이 들렸다.

육효!

그중 하나를 뽑아 바닥에 내동댕이치니 기묘하게도 바

닥에 꼿꼿하게 섰다.

"이번에도 대흉…… 인가?"

구손의 표정이 흐려졌다.

생각했던 것보다 훨씬 심각한 괘가 나왔기 때문이다.

한데, 그때 산중루 주변에서 단말마의 비명이 연달아
터져 나왔다. 대흉의 점괘가 나오자마자 그런 일이 벌어
졌다.

"크악!"

"으악!"

"으아아악!"

비명성은 점차 산중루로 가까워져 왔다.

흡사 어떤 대살인마가 산중루로 달려오며 닥치는 대로
사람들을 도살하고 있는 것만 같았다.

슥!

그때 육효 죽편을 회수하는 구손의 앞에 장호웅이 모
습을 드러냈다. 적천경의 명에 의해 산중루 부근에서 은
밀히 호위 임무를 맡고 있던 그가 전면에 나선 것이다.

"구손 도장님, 제가 퇴로를 맡을 테니, 소하연 소저를
모시고 산중루를 떠나십시오!"

"함께 가지 않으려는 것이오?"

"그럴 수 없을 것 같습니다. 저들은……."

말을 잇던 장호웅이 검을 뽑아 들었다. 그와 구손이 있는 산중루의 내원 쪽으로 섬뜩한 살기가 밀려들어왔기 때문이다.

그와 동시다.

팟!

재빨리 발걸음을 옮긴 장호웅이 수중의 검을 휘둘렀다.

위에서 아래로.

그림으로 그린 것 같은 일도양단(一刀兩斷)이다.

파창!

그러자 거짓말처럼 불꽃이 일어났다. 장호웅의 일도양단된 검신에서 시퍼런 화염이 모습을 드러낸 것이다.

뿐만 아니다.

장호웅의 몸이 부웅 뒤로 날아갔다.

"크악!"

그러나 다음 순간, 장호웅은 비명에 가까운 일성대갈과 함께 공중에서 신형을 회전시켰다. 검과 함께 반회전을 그리며 바닥에 떨어져 내렸다.

착!

이어 바닥에 거의 몸을 붙인 것 같은 자세!

한 손에 든 검 끝이 가벼운 떨림을 보인다. 방금 전 그를 날려버렸던 시퍼런 화염의 충격이 몸 전체에 고스란히 남아 있었기 때문이다.

그것도 잠시뿐.

곧 자신의 검에서 떨림을 걷어 낸 장호웅이 신형을 최대한 낮춘 채 구손을 지키기 위해 고속 이동했다. 무릎과 발끝의 힘만으로 바닥을 기다시피 구손 쪽으로 파고든 것이다.

아니다.

그럴 수 없었다.

번쩍!

그 순간 예의 시퍼런 화염!

정확히 말하자면 푸른색 불꽃이 장호웅을 다시 직격했다. 그의 이동 경로를 처음부터 알고 있었던 것처럼 말이다.

"큭!"

장호웅이 역시 검을 휘둘러 푸른 불꽃을 받아 내고 입에서 피 화살을 토해 냈다. 연달아 기괴한 경력에 내장이 진동되어 상당히 심각한 내상으로 진행되어 버렸다.

그러나 장호웅은 적천경이 인정한 독종이었다.

피와 살이 튀는 강호의 밑바닥을 굴러다니며 여태까지 살아남은 자였다.

팍!

순간적으로 얼굴을 가리고 있던 죽립을 벗어서 푸른 불꽃이 날아온 방향에 던진 그가 바닥을 다시 굴렀다.

지당권?

그렇다기보다는 지당검이라 함이 옳겠다. 여전히 그의 손에는 검이 단단하게 쥐어져 있었으니까.

빙글! 빙글!

몇 번이나 바닥을 굴렀을까?

그렇게 순식간에 간격을 좁혀들어 간 장호웅의 검이 독아를 드러냈다.

스파앗!

검기가 기묘한 회오리를 일으킨다. 그렇게 회심의 일격을 성공시키려 했다.

그러자 그 순간 다시 일어난 푸른 불꽃!

이번에는 조금 더 환하다.

강렬하게 장호웅의 동공 속에서 확장되었다. 악마의 눈을 닮은 홍채를 번뜩이면서 말이다.

'청안마공(靑眼魔功)!'

펑!

이번에는 장호웅도 막아 내지 못했다.

요란한 폭발음과 함께 그의 가슴에서 푸른 불꽃이 폭

발했다.

"무량수불!"

갑자기 나타난 청안의 사나이가 장호웅을 푸른 불꽃으로 날려 버리자 구손이 나직이 도호를 외웠다.

그러자 중원인과는 완전히 다른 외양을 지닌 청목백안(靑目白顔)의 사나이가 구손을 바라봤다. 이국적이긴 하나 꽤나 잘생긴 얼굴에 사십 대가량의 나이, 보통 사람보다 머리 하나는 클 정도의 신장이었다.

"도사여! 사예귀살문의 떨거지와 어찌 되는 사이더냐?"

"아무 사이도 아닙니다."

"아무 사이도 아니다?"

"그렇습니다."

"그럼 당장 이놈의 숨통을 끊어도 상관없겠구나!"

"그래선 안 됩니다."

"왜 그렇더냐?"

"그는 내 혈육과 다름없는 사람이니 때문입니다."

"뭐?"

청목백안의 사나이가 황당한 표정으로 구손을 바라봤다. 그러다 얼굴에 노기가 어렸다. 그가 자신을 희롱한다고 생각했기 때문이다.

"감히 네놈이 노부 청목존자(靑目尊者)에게 망령된 말을 내뱉고도 세 치 혓바닥을 온전히 보존할 듯싶더냐!"

'청목존자라면 청화성교(靑火聖敎)의 교주인데……정말 오늘 내가 대흉을 만난 게 맞구나!'

구손이 내심 한탄했다.

청화성교는 정파에서는 음마교(陰魔敎)라 불리던 신마혈맹 십대마세 중 하나였다.

교주 청목존자는 서역의 배화교(拜火敎)를 빙자해 청화성교 창교했으나 실제론 무수히 많은 여인들을 납치해 음란한 행위를 자행했다. 서역에서 전래된 방중술(房中術)과 색공을 이용해 여인들을 조교해 충성스러운 교도로 만든 것이다.

그리고 그는 특별히 조교한 미색과 방중술이 출중한 제자들을 통해 무림의 무수히 많은 영재들을 타락시키고 조종했다. 단 기간 내에 무림에 엄청난 해악을 끼치고, 놀라운 교세의 확장을 이뤄 냈다.

하나 화무십일홍(花無十日紅)이라 했다.

욱일승천하며 교세를 확장해 신마혈맹의 십대마세 중에서도 수위권에 오른 청화성교는 곧 정천맹의 총공세를 당해야만 했다. 신마혈맹의 총단이 붕괴되자 무수히 많은 제자와 자손들을 잃어버린 정파의 대문파들이 가장 먼저 청화성교에 대공세를 펼쳤기 때문이다.

한 달에 걸친 대공세!

결국 십만에 육박하는 제자를 자랑하던 청화성교는 핵심 고수 대부분을 잃어버린 채 멸망했다. 정천맹을 중심으로 한 정파 대문파들 역시 그때 엄청난 피해를 입었긴 하나 신마혈맹과의 정사대결에서 승기를 점하는 분기점이 된 대전이라 할 수 있을 터였다.

'하지만 청화성교가 멸망한 후에도 교주 청목존자의 생사는 확인되지 않았다. 십만에 달하는 교도들 중 무공을 익힌 수천 명에 달하는 핵심 교도들이 목숨을 걸고 끝까지 저항했기 때문이다. 그런데 오늘 이렇게 항주에 모습을 드러냈다는 건……'

구손은 문득 골치가 아파오는 걸 느꼈다.

천기!

그는 얼마 전 천기를 거슬렀다.

정해져 있던 무당파의 환란을 자신의 작은 재주로 비껴가게 만들었다. 대흉을 소흉으로 바꿔서 무당파의 멸문을 모면케 한 것이다.

그러나 항상 세상은 등가교환(等價交換)의 법칙이 작용한다. 특히 구손이 몸을 담은 기문둔갑(奇門遁甲)의 세계에서 이 법칙은 결코 빠져나갈 수 없는 올가미와 같았다. 어떤 천재적인 술법가라 해도 한번 등가교환의 법칙에 발을 내디디면 쉽사리 빠져나갈 수 없었다.

그리고 이번에 그 등가교환의 올가미는 구손의 머리 위로 떨어지게 되었다. 아주 자연스럽게 말이다.

내심 빠르게 생각을 정리한 구손이 입가에 담담한 미소를 매달았다.

"청목존자님의 대명은 빈도, 오래전부터 앙망(仰望)해마지않던 바입니다! 어찌 빈도가 망령된 말을 청목존자님께 할 수 있겠습니까?"

"그놈! 세 치 혀가 참 길기도 하구나!"

청목존자가 더 이상 구손의 말을 들을 것도 없다는 듯 그에게 신형을 날려 왔다.

순간적으로 좁혀든 간격!

활짝 펼쳐진 그의 커다란 손 안에서 기괴하게 뭉쳐져 있는 푸른빛의 덩어리가 회오리쳤다. 단숨에 구손의 머리통을 짓뭉개버릴 것만 같았다.

그러나 이게 어찌 된 일인가!

막 구손의 지척에 이른 청목존자의 신형이 거짓말처럼 멈춰 섰다.

흡사 거미줄에 걸린 파리 같은 형국!

아니다.

그런 일은 벌어지지 않았다.

화르륵!

순간 거미줄에 걸린 파리와 같던 청목존자의 전신에서 검푸른 기운이 흘러나왔다. 푸른 기운을 전광처럼 발산하더니, 구손이 고심하여 펼쳐 놓은 기문진세를 박살 내 버렸다.

"세 치 혀 긴 녀석아! 꽤 재밌는 장난질을 쳐 놨지 않느냐?"

"하하!"

구손이 어색하게 웃었다. 그리고 생각했다.

대흉!

여태까지 적천경의 것이라 생각했는데, 사실은 자기 자신의 점괘였다고.

그런 구손을 향해 청목존자가 다시 예의 푸른 광구(光球)를 만든 채 다가들었다. 이국적은 푸른색 눈에 흉흉한 살기를 담고서 말이다.

*   *   *

자신의 눈앞에 산산조각 나 있는 커다란 철문을 바라보는 정천맹주 신문만천 제갈유하의 노안이 참담하게 일그러졌다.

그의 앞에 박살 나 있는 철문!

바로 정천맹 총단의 가장 큰 비밀 중 하나인 십왕뇌의 살인기관 중 핵심부로 향하는 문이었다. 항상 정천맹의 비밀 고수들이 삼엄한 경계를 펼치고 있던 곳으로 결코 이런 모습이 되어선 안 될 터였다.

하나 그 결코 일어나선 안 될 일이 일어났다.

어떻게? 어쩌다가?

연달아 의혹이 꼬리를 물며 일어났으나 제갈유하는 중원 정파 정점에 군림하는 거인답게 곧 마음을 가라앉혔다. 복잡한 심사로 꼬인 머릿속을 빠르게 정리하고 후속 조치를 취할 마음이 된 것이다.

그러나 그때 또 다른 사단이 일어났다.

쾅!

콰콰콰콰쾅!

요란한 폭발음이 연속적으로 울려 퍼지더니, 박살 난 십왕뇌 핵심부로 향하는 철문 안쪽에서 수백 개나 되는 파편들이 날아왔다.

암기?

그런 것보다 오히려 부산물에 가깝다.

연이은 폭발로 인해 기관에 장치되어 있던 암기 같은 게 사방으로 튕겨 나온 것이었다.

그 기세는 가히 위협적!

하나 이곳에 있는 사람은 정파 삼신의 필두이자 현 정파 무림의 살아 있는 무신(武神) 제갈유하였다. 제갈세가의 중흥조라 불릴 정도인 대종사인 것이다.

파라라락!

일순 그의 소매 자락이 경력을 담더니, 자신을 향해 튕겨져 나온 파편들을 일거에 날려 버렸다. 단숨에 수백 개가 넘는 파편을 하나도 남기지 않고 제거해 버린 셈.

하나 그때 다시 상황이 반전되었다.

스으 — 팟!

십왕뇌의 철문 안쪽에서 날아온 파편 제거에 신경을 집중하고 있던 제갈유하의 머리 위로 전광을 닮은 검격이 떨어져 내렸다.

그 위력은 천공의 벼락 그 자체!

"감히!"

제갈유하의 노안에 분노의 감정이 담겼다.

이런 식의 암습!

용납키 어렵다. 이곳이 정천맹의 총단 내부임을 감안

하면 더욱 그러했다.

팟!

그의 소매가 이번에는 반원을 그리며 위로 올라갔다. 암습을 가해 온 검격을 막기 위함이었다.

아니다.

그건 오해였다.

쩌렁!

순간 쇠가 쇠를 때리는 소리가 나더니, 검격을 가해 온 자가 뒤로 날아가 버렸다. 쇠붙이로 된 검과 평범한 천인 소매가 맞부딪친 것치고는 믿기 힘든 결과!

그리고 다시 자세를 바로하려는 제갈유하의 옆구리로 기다란 장창이 찔러들어 왔다.

그것도 하나가 아니다.

세 개!

마찬가지로 수십 개나 되는 암기와 장력, 화살, 살검이 동시에 제갈유하를 노렸다.

어디에서 이 많은 암습자들이 나타난 것일까?

답은 간단하다.

— **십왕뇌!**

정천맹 총단에서도 가장 은밀한 비밀에 속하는 이곳에서 암습자들이 쏟아져 나왔다. 정파 삼신의 필두이자 정파 제일의 거인인 정천맹주 신문만천 제갈유하를 죽이기 위해서 말이다.

〈다음 권에 계속〉